不一样的今天，
是某一天的想念

宋增芬 / 著

山西出版传媒集团
北岳文艺出版社

图书在版编目（CIP）数据

不一样的今天，是某一天的想念 / 宋增芬著 . – 太原：北岳文艺出版社，2017.4
（2025.4重印）
ISBN 978–7–5378–5073–5

Ⅰ . ①不… Ⅱ . ①宋… Ⅲ . ①散文集 – 中国 – 当代 Ⅳ . ① I267

中国版本图书馆 CIP 数据核字（2017）第 005885 号

书名：不一样的今天，是某一天的想念	策　　划：商爱欣	责任编辑：李向丽
著者：宋增芬	书籍设计：赵廷宏	印装监制：巩 璠

出版发行：山西出版传媒集团・北岳文艺出版社
地址：山西省太原市并州南路 57 号 邮编：030012
电话：0351–5628696（发行部） 0351–5628688（总编室）
0351–5628695（编辑室） 传真：0351–5628680
网址：http://www.bywy.com E–mail：bywycbs@163.com
经销商：新华书店
印刷装订：三河市天润建兴印务有限公司

开本：660 毫米 ×960 毫米　1/16
字数：190 千字　印张：17.75
版次：2017 年 4 月第 1 版
印次：2025 年 4 月河北第 4 次印刷
书号：ISBN 978–7–5378–5073–5
定价：49.80 元

CONTENTS / 目 录

　　用朴素的文字，表达真切的感受，字里行间记录下生活的点滴，聊的是柴米油盐，写的是天南地北，寻找着烟火的味道，体会着生命的感悟，捡拾着生活的哲理，有酸甜苦辣，有春风化雨，有哭笑不得。不管生活是多么平凡，它都是美好的、难忘的、快乐的、忧伤的、感动的、愤怒的、讽刺的，全都是生活的，而文字便是最好的落点和见证。

第一辑　你在哪里，目光就在哪里

　　关心一个地方，关注一个地方，不是因为那里的物产，不是因为那里的风光，因为有你在，我的目光就会因你而转移方向。

你若安好，便是晴天…………………………………… 003
这世界需要你，我需要你………………………………… 005
你在哪里，目光就在哪里………………………………… 007
知否，知否………………………………………………… 009
是非成败转头空…………………………………………… 011
秋虫，成长的秘密………………………………………… 013
感谢有你…………………………………………………… 015

秋雨飘摇的夜晚……………………………… 018
取舍之间，你犹豫没……………………… 022
明月几时有………………………………… 024
今夜你在想什么…………………………… 026
有些东西不会老去………………………… 028
健康真好…………………………………… 030
随风起　随风落…………………………… 033
年年都有春暖花开………………………… 035
铭记与爱情无关…………………………… 037
满眼秋色关不住…………………………… 039
被搁浅的诗人……………………………… 040
让我们牵手一生…………………………… 042
坚持自己的原则…………………………… 044
小窗内外　各自安好……………………… 047
我的秘密你知道…………………………… 049
流浪的仙女………………………………… 051
秋雨缠绵复缠绵…………………………… 053
歌声中的温暖……………………………… 055
因为不懂，所以感叹……………………… 057
一人一世界　一叶一菩提………………… 059
芬芳的书房………………………………… 061
榆钱儿今又满枝头………………………… 063
成长的土壤………………………………… 066

第二辑 繁华世界里偷得半日闲

"只是在人群中看了你一眼,再也没能忘掉你容颜……"于人是如此,于地又何尝不是?有些地方,你一眼之间就知道喜欢不喜欢,那种心动的感觉,那种莫名的兴奋,堆积成忘不了的美好……

那份坚持 只因为爱……………………………… 073
转弯处,风光宜人…………………………………… 076
梦中有座美丽的城…………………………………… 078
荷花船 摇啊摇……………………………………… 081
露珠跳舞的地方……………………………………… 083
有位佳人 在水一方………………………………… 085
一棵树的千姿百态…………………………………… 087
那一方净土…………………………………………… 091
在森林中穿行………………………………………… 094
鼎汤初沸有朋来……………………………………… 096
梧桐花开清香自来…………………………………… 099
晨雾中的蚊子草……………………………………… 102
军刀,又见军刀……………………………………… 105
你的声音很美妙……………………………………… 107
道不同爱相同………………………………………… 109
开在心中的桃花……………………………………… 111
落花如雨……………………………………………… 114
人间相约事春茶……………………………………… 116

烟雨江山美如画……………………………………… 119

仙花在寒冬绽放……………………………………… 121

偷得浮生半日闲……………………………………… 123

一步之遥……………………………………………… 126

远望处浮尘迷蒙……………………………………… 129

聆听天籁之音………………………………………… 131

浪漫之约……………………………………………… 133

歌者不寂寞…………………………………………… 136

穿越蓝天白云………………………………………… 138

我的姑苏我的城……………………………………… 141

一扇门的魅力………………………………………… 144

古墓与传说…………………………………………… 148

漂过九曲……………………………………………… 152

美女不是阿诗玛……………………………………… 155

我的江南无周庄……………………………………… 160

走过野葡萄沟………………………………………… 162

阳朔是个好地方……………………………………… 164

走马观花……………………………………………… 167

第三辑 爱或不爱，阳光依然明媚

  有时笑靥如花，看到窗外阳光灿烂；有时愁眉苦脸，看到窗外的阳光依然灿烂、明媚。这一刻感觉到了一个人的渺小，也体会到了自然的永恒。

爱或不爱，阳光依然明媚………………………………… 173

牵挂穿越千万里 …………………………………… 175
黑是黑白的黑 白是黑白的白 …………………… 177
隐身在脸谱之后 …………………………………… 179
眼泪，千滋百味 …………………………………… 181
这个夏天有汗香 …………………………………… 184
今夜，轻舞飞扬 …………………………………… 186
服装秀 ……………………………………………… 188
今天是你的生日 …………………………………… 190
考验，随时随地 …………………………………… 192
刻在心里的字 ……………………………………… 194
有一种味道无法代替 ……………………………… 196
走在乡间的小路上 ………………………………… 198
关爱胜过千言万语 ………………………………… 200
一眼之间 心情灿烂 ……………………………… 203
哪片云彩会下雨 …………………………………… 206
遇到"藏獒帝" …………………………………… 208
谁都不容易 ………………………………………… 210
世上若有双全法 …………………………………… 212
花非花 茶非茶 …………………………………… 214
世界上最好的礼物 ………………………………… 216
应是绿肥红瘦 ……………………………………… 218
遥望罗马 貌美如花 ……………………………… 221

005

第四辑　冬天来了，春天不会远

年年都有寒冷的冬季，人生也如此，有温暖就会有清冷，在最冷的时刻，记得再坚持一下，"寒辞去冬雪，暖带入春风"，相信春天，春天会在不远处等着我们。

冬天来了，春天还会远吗	225
凋落的不是心情	227
对不起，我错了	229
渐行渐远的绝活儿	231
奇怪的配料	233
爱在一瞬间闪耀	235
钥匙的作用	237
因为不了解，所以没权利	239
天边那颗最亮的星	241
崛起在先陨落在前	243
当爱情成为亲情	245
谁是你的第一时间	247
PK 小记	249
永远的感恩节	254
对你视而不见	258
电梯和楼梯	260
窗台上的风景	262
快乐的舞者	264
风中的山菊花	266
定格的记忆	270

第一辑
你在哪里，目光就在哪里

关心一个地方，关注一个地方，不是因为那里的物产，不是因为那里的风光，因为有你在，我的目光就会因你而转移方向。

你若安好，便是晴天

长夜有多长，只有眼睛知道；心有多大，只有月亮知道；思念有多深，又是谁知道？此刻窗外星光寥落，看着黑魅的夜色，看着轻轻摇曳的白杨枝叶，眼前心里都难免有点茫然了。这是白天阳光灿烂过的天空吗？这是一片两片慢慢自由飘摇着的落叶吗？为什么，这一刻都这么模糊？连同我的思想，不知所终。

昨晚和远方的你聊了很久，你就像在我眼前一样，仍然是无所不谈，仍然是亲切如昨，屈指算来，我们分别也有八年了。起初你搬家时，我也举家前去祝贺，但这次你走得着实远了些。八年，不是一个小数字了，八年时间，一个孩子从出生到成长，已经可以蹦蹦跳跳地惹人笑和讨人嫌了。我们居然八年没有见面了，只是在电话、网上听到看到对方。幸好岁月无情人有情，时间没有荒芜了我们的友情，反而因为年份的久远、距离的遥远，而感觉更亲近。

八年中，我们不知计划了多少次，你要过来，我要过去，终因家庭和工作的各项琐事负累，未能成行。长夜漫漫，思念如水，今夜不能成眠。朋友，此刻真的很想你，你的浅笑，你的蹙眉，还有你熟悉动人的歌声，都是我忘不了的美好记忆。最近你把国标舞都练得像模像样了，看你有这份闲情逸致，感觉十分欣慰。只有幸福的女子才有时间和心情去发展自己的爱好和特长，若不是如此，常年纠缠在繁杂和单一的家务中，岁月流过后，剩下的就只是抱怨和苍老，我能说这样的生活一点意思都没有吗？

都说岁月无情，其实岁月也很多情，它是考验生活和情感的试金石——真正的友情，并不因为距离和时间而淡化、失去，而是不思量，自难忘。

分享幸福的人太多，但分享孤独的人很少。如果有这么一两个知己好友，任何时候都会互相牵挂和问候，这样的幸福和幸运，就是岁月赠送的最佳礼物。友情常在，心有所系，谁还在意冯唐易老？谁还理会李广难封？我们一起在岁月中磨砺，一起分享大大小小的秘密，仿佛从未分离，仿佛一直伸手可及。我永远记得你温暖的笑和那微微弯起的眼角，那么单纯而甜蜜。我的闺密，你在天涯又何妨？我的思念如空气，你在哪里，思念就在哪里。

"凡人看得天下事太容易，由于未曾经历也"，而我们，因为分离，收获了最最难得的真心和友谊。

长夜漫漫，我在窗口静立，远方的一颗星正孤独地若隐若现，可我却觉得今夜又是星光灿烂，因为——你若安好，便是晴天。

这世界需要你，我需要你

这世界需要你，敬爱的父母。因为你们不仅赋予了我们生命，更用无私的奉献和全部的生命让我们的生活更好更亮。你们吃苦受累，你们不求回报的付出让天地都自愧不如。因为有父母，才知道什么是胸怀天下，什么是恩情如山。

这世界需要你，尊敬的老师。没有你的苦口婆心，没有你的教导和指引，年少懵懂的心怎么走出无知和荒芜？虽然我们曾误解过你，误读过你，但你还是孜孜不倦地守着三尺讲台，为那些青涩的学生授业解惑。

这世界需要你，亲密的朋友。在金钱利益至上的今天，在茫茫人海中，只有朋友会真心地对我们，在困难的时候伸出援手，在快乐的时候一起欢笑，在悲伤的时候一起流泪，没有竞争，没有欺骗，没有伤害，更多的是理解、温暖和亲切。

这世界需要你，亲爱的爱人。再平凡的生活，只要有了爱情，故事就会与众不同，心就会在起起伏伏的轮回中幸福着、痛苦着。有了爱人的生活会更加五彩缤纷，虽然有时候，爱情会伤人，会伤心，但只要爱过，就不会后悔。而且，对于爱情，每个人都会有莫名的渴望，都会有自己的演绎。所以，每时每刻都会有不同的爱情故事发生，有了亲密的爱人，生活才更快乐，幸福才更有内容。

　　这世界需要你，尊敬的同事。没有你的提醒和帮助，很多事情都无法顺利进行。一个人做工作，只是机械地完成任务而已，几个人一起工作，工作就有了生命和活力，有了趣味和快乐。一个人的作用很微小，但几个人取长补短，力量就是无限的，团结协作会让很多不可能变成可能。

　　这世界需要你，可爱的孩子。有了你的叽叽喳喳、蹦蹦跳跳、嘻嘻哈哈，有了你的错误百出、调皮捣蛋，生活才更丰富，生命才更亮丽。孩子，你那些明显的小谎言，甚至是夸张的哭鼻子，都是那么可爱。孩子，你是爱情的甜蜜结晶，你是生命的美好延续，你的存在又怎么能用一个花朵来形容？你装扮了美丽的祖国，你带来了幸福的家庭，你让生命无穷无尽。这世界需要你，可爱的孩子！

　　这世界需要你，兄弟姐妹。有了你，生命才不孤单，生活的重担我们可以一起挑，所有的困难，因为你的存在，都变得不再可怕。也许有时会为一点小事翻个脸，吵几句，但在需要帮助时，谁都不会退缩，因为我们是血缘情深的兄弟姐妹，是我们彼此的左膀右臂。

你在哪里，目光就在哪里

非典时期，在北京工作的亲友都成为我们的牵挂，虽然他们距离市中心很远，但总是担心着。其实，平日里，对他们的关注和联系是极少的，但关键时刻、特定时刻，心里总是放不下。

海啸的时候，我特别关注烟台的天气，尽管朋友说那是近海，没有大的危险，但我还是提心吊胆。从此就有了一个感觉，美丽的海滨城市也有其危险性啊。要搁在从前，我对烟台是完全陌生的，即使看天气预报，我也只关心临沂而已，自从朋友举家迁至烟台，所有关于烟台的消息都进入我的视线。烟台的经济发展情况，烟台的风大了、雨多了，或是凉爽了，都成为我家的话题。那年暴雪连连，更让人担心，打电话过去问，朋友说一切都好，吃喝没问题，只是孩子放假在家了，交通很不便利，幸亏他们上班的地方离得近。朋友还说他们家前后堆了几个大雪人，很漂亮，也是难得的一景呢。其实我在电视新闻中早看到了，但是朋友好心地介绍着，我就耐心地听着，因为这在当时好歹算一个轻松的话题。现在，朋友又搬到江苏江阴了。江阴，这个陌生的城市，因为朋友去了那里，它就成为我时刻关注的地方。

　　看了青年演员郭晓冬的博客，虽然写得很简单，但是很实在，有山东人的特点。他主演的《暖》《红粉世家》《桃花灿烂》《大校的女儿》等都充分显示了自己的实力和魅力，并且屡获大奖，真是山东人的骄傲。最近听说，原来他也是临沂人，于是对他的关心就又多了一层，期待早日看到他的新作，更希望他的路越走越宽、越走越好。

　　一个地方成为我的牵挂，进入我的视线，可能是因为一个人；而关注一个人，也许是因为来自同一个地方。天下之大，无奇不有，但要真正关心一个地方或是一个人，也是需要有些渊源的。所以，那些远在外地的朋友、同学，你不是孤单的，不管你在哪里，我们的目光都会因你而转移方向。

知否，知否

我不知道，真的不知道。

我不知道时间是怎么溜走的。从我的歌声中？从你的玩笑中？从他的感叹中？也许，就在一抬手、一回眸、一转身之间？也许就在犹豫和等待中溜走了？也许是在期盼与希望中溜走的？没有声音、没打招呼、没有预感，日子竟然已堆积如山。如山的岁月终于露出时间最本真的面目：公平而无情。不是吗？孩子在不知不觉中长大了，需要我们去操心的事越来越少，对我们的依赖也越来越少；而父母却日渐苍老了，需要我们去照顾得更细更多；还有履历表中"年龄"一栏的数字，总是在不断增加着……还有很多很多，这一切都在悄无声息地变化着，以至于让人感觉不到时间在流逝一样，总感觉自己依然执着，依然天真，依然无知，一切似乎都还在依然着。

某日闲来无事，把旧照片拿出来翻看，那是我？是同学？是朋友和家人吗？二十年前和二十年后的样子竟然有了不小的差别，天真与沧桑，梦想与现实，在同一张脸上轮回显现，还有一些零碎的、久远了的往事也不经意跳出来，竟然如昨日般历历在目。这一刻，我终于懂得，原来，时间真的来过，走过。

我不知道春天是怎么过去的。是在轰隆的风雨中？在浓密的树林中？在繁花的怒放中？还是在失意者的祈祷中？总之，大家挥汗如雨了，女孩们彩裙飞扬了，太阳炙热如火了……夏天来了，毋庸置疑。春天走了？谁知道是什么时候？

我不知道那个小姑娘为什么离去。在一个如花的年龄，一段无果的爱情，竟然给她的生命打上了终止符号。十八岁的美好让多少人向往和难忘？她却感觉不到一丝一毫，条条大道通罗马，她却走了最黑最难的那条。自己死了，一了百了，带给别人的伤害和痛苦有多深，女孩想过吗？她有疼她的父母，关心她的朋友，为什么会决然离去？想过她的亲朋吗？白发人送黑发人，让父母情何以堪？这个世界不是为某个人创造的，失了爱情，并不是全部，人要生存，就必须学会承受、容忍和珍惜。生命早逝的女孩，这个道理很深奥吗？

梦想是怎么破灭的？我真的不知道。曾有许多梦想，明星梦、旅游梦、作家梦、富翁梦、探险梦……却未能实现，是因为太多，还是因为遥不可及？不过，静心想来，在日复一日，年复一年中，自己竟然也收获了很多，比如踏实、幸福、快乐。有亲朋好友相伴，有平安健康相随，原来我们还拥有很多。

有很多事情，我真的不懂，但有人懂得，可以为我和后来人解惑，这就够了。

有很多得失，我真的不解，但有一点儿是确知的——即使所有梦想都失落了，我们还有生活。

是非成败转头空

寒夜，天空星光寥落。对面楼房走廊里的灯还是彻夜亮着，远处宝塔上的灯一闪一闪的，房间里的音乐还在流淌着，我还清醒着。这一刻属于我，是我的天下。原想等家人都入睡后，要写一点什么，但灵感就那么稍纵即逝了，现在我对着电脑，听着忧伤悠扬的音乐，竟然无所适从。灵感真是个最不可靠的东西，也许与"感"有关的都是这样的，比如感慨、感情，甚至婚姻也不过如此。

说起来，我真不算是事业型的女人，但我会做好领导交办的每一件事，做好我该做的每一件事，我的方法也许简捷，但绝不是偷工减料。认真做事，认真做人，这是我父亲一贯坚持的原则，不知不觉中，竟然也成了我的原则。在今天看来，在很多人看来，只知道工作的人是傻乎乎的，我自然也不例外，但是我却很充实，感觉无愧于我的工资，无愧于我的工作，这就足够了。其他的，也不过如此。

不知道是怎么开始的，也不知道是怎么结束的，人与人之间的许多关系都是这样进行的。其实，无论什么关系，最后多数都如过眼烟云，来无踪，去无影。爱也好，恨也罢，都不过如此。

　　最悲哀的是什么？别人都前进了，而你还孤零零地守在那里；当别人都变了，而你还坚持如初；当别人都笑了，而你还哭着；当别人都哭了，你却笑了……"是非成败转头空"，失与得，争与斗，看似有趣，其实，最终都还是一样的结局。尘归尘，土归土，一切都不过如此。

秋虫，成长的秘密

今年立秋较早，刚刚进入阴历七月，秋天就到来了，也许是夏季太多阴雨天的缘故，感觉酷暑还未降临，秋天就来了似的。

深夜醒来，窗外居然有一场盛大的"秋之歌"演唱会，这是一曲来自四面八方的合唱，或高或低，或远或近，声声入耳。这是秋天的声音，是秋天最美好的声音，看不见的秋虫在共唱一曲"秋之歌"，这一刻再也不用怀疑，秋天真的来了。

很小的时候，我就知道秋虫这个东西，秋夜来临时，窗外会飘来叽叽哝哝的叫声，我问姥娘，那是什么声音，她说那是秋虫在唱歌。我很纳闷，秋虫唱什么？我怎么听不懂呢？姥娘说它们在唱"今今（拽过来）盖盖，今今盖盖"，意思是秋天来了，天凉了，睡觉的时候别忘了盖被子。原来秋虫还这么人性化。我竖起耳朵再听，果然是"今今盖盖"的声音，而且悦耳动听。这样的声音比蝉鸣温柔可爱多了，蝉鸣总是刺耳又杂乱无比，让人烦躁。而秋虫温柔的歌声，会让人感到舒服和温暖，在这样的伴奏声中，睡眠也渐渐顺畅了，美梦也会做出许多来。

天真的我曾要求姥娘去捉一个秋虫来看，姥娘拒绝了，说它们是好虫，不能伤害它们，且它们是神虫，人是捉不到的。姥娘还说秋虫生活在泥土中、小草里，每到夜晚就出来唱歌，勤劳得很，只是秋天一过，它们就会死去，因为它们是为秋天而生、为秋天而死的虫子。以后的每个秋天，我都在秋虫的歌唱中安然入睡，每年秋天的不眠之夜，我都会想象着秋虫的样子，但总是不得而知。后来儿子出生了，他也问我这个问题，我也用同样的答案告诉他。

　　在今年之前，我从来没有对秋虫深究过，我感觉它们是可爱的、浪漫的、团结的，当然也是美丽的。几天前忽然看到了这样几行字：汉文之"秋"字，本就是虫儿，会吟唱的虫儿。秋虫秋去身死，其鸣愀愀然，故"秋"字的甲骨文即蟋蟀之类秋虫的象形。谜底终于揭开，秋虫原来就是蟋蟀之类的虫子？蟋蟀是我从小就熟悉的，单个的蟋蟀也曾捉来玩过，声音吱吱的，并不这样悦耳。但成千上万只蟋蟀聚在一起，就能唱出如此动听的大合唱，真是让人不敢相信。三十多年的神秘想象，终在这一刻尘埃落定。知道了什么是秋虫，说实话，多多少少有那么一点失望。

　　熟睡中的儿子，薄棉被已盖在身上，这一定是秋虫歌唱的结果。夏天经常闹肚子的他，在清凉的秋天倒是可以安然无恙，真是受益匪浅，这不禁让我对秋虫们心生感激。我真怕儿子再问我关于秋虫的问题，我不知该怎么回答他，思来想去，还是维持姥娘的解释吧，虽然不够科学，但很浪漫很形象，也很神秘。"事理因人言而悟者，有悟还有迷，总不如自悟之了了"，秋虫的秘密还是等他自己发现吧。

感谢有你

平安夜,平安地过来了,真好!真希望永远都是平安夜。

儿子年年期盼平安夜,因为他记事以来,每年都会收到圣诞老人的礼物。

中国人过圣诞节,大多来说,意义并不深远,无非是多个节日、多点热闹、多点快乐、多点祝福。毕竟生活好起来了,也有闲情逸致多寻些节日,制造更多的快乐,何乐而不为?于是,圣诞节、情人节等洋节陆续粉墨登场,而且已经越来越受到人们的关注和喜爱。

在中小城市里,专门庆祝圣诞的人家还是有的,不过与春节相比,就是小巫见大巫了,与中秋节相比,也远没有那么隆重。总的来说,我们还是很喜欢平安夜,和爱人、亲人相守,祈祷平安、幸福,这是件很惬意很美好的事。

前些年,个别商家打着搞些宣传活动的目的促销产品,一开始,人们并不怎么买账,时间长了,挡不住孩子的新奇,询问节日由来、故事传说,大人们就开始查阅资料,给孩子大略地讲一下。孩子们分不清童话和现实的距离,只是记住了几个好玩的词汇,圣诞树、平安果、贺卡,特别是圣诞老人和圣诞礼物，孩子们更是情有独钟，于是每年都天真地渴望着节日的到来。为了孩子那童话般的愿望，于是家长们就动了心思，年年为孩子准备礼物，充当起了"圣诞老人"的角色。在圣诞节的早上，当孩子醒来的第一眼就看到枕边的礼物时，是那样惊喜和雀跃："圣诞老人的礼物！看！昨晚真的给我送礼物了！"连声音都欢呼着、高亢着。这样的快乐，怎不让父母感同身受？于是来年就更乐意扮演"圣诞老人"的角色了。小的时候，孩子会纳闷，圣诞老人什么时候来的？从哪里来的？随着年龄和知识的增加，孩子慢慢知道了，"圣诞老人"的真面目原来是近在咫尺的父母，或多或少会有一些失望。说破了秘密，也没什么可怕，时间可以淡化这点失望，一年之后，父母和孩子都还期待着这个日子，孩子期待着未知的礼物，父母期待着孩子带来的快乐，送礼物和收礼物的，都各自用善意的谎言保守着圣诞老人的"秘密"，大家都开心快乐，这才是最重要的。

今年12月23日，晚饭时我问儿子，你最想让"圣诞老人"送你什么？你念叨一百遍，也许能成功。儿子半信半疑地笑了："真的吗？那我要台手提电脑？"这个愿望可不在我的预算之内，我用力武装着自己平静的表情，生怕一惊讶，就被他看出我在试探他："多想几种啊，说不定哪个愿望就能实现了。"聪明的儿子肯定知道我在摸底，就说了几个他平常想要，而我一直不同意买的东西。

24日平安夜晚餐之后，儿子让我找双干净漂亮的袜子放在床头，我怕明天的惊喜度不高，就先打击他："放十双袜子也没用，你晚上睡觉关着门，圣诞老人也进不去。"儿子说圣诞老人可以从窗户外飞进来，我一脸不屑："那好，你等着他飞进来好了。"快睡觉时，儿子特意来告诉我："妈妈，我今晚睡觉不关门。"我强忍着笑，佯装不懂："随你便吧。"儿子有点神秘地看着我笑，我就加大打击力度："别做梦了。你都长大了，圣诞老人只给小孩子送礼物。"儿子有些失望，半信半疑地去睡了。

　　半夜醒来，我悄悄去推儿子的房门，果然没关门，他正在打着香甜的小呼噜，我把他盼望已久的礼物轻轻放在床头，再悄悄关上门，倚门听听，呼噜依然，梦还是那么恬静，还好，没吵醒他，总算又没让他现场捉到"圣诞老人"。

　　圣诞节清早，我刚到厨房做饭，儿子就兴奋地捧着礼物向我炫耀：我做梦的时候，好像感觉到圣诞老人进来了，真的！可是我太困了，没睁开眼睛。瞧！心想事成！

　　看到喜滋滋的儿子，我和老公都开心地笑了，儿子的快乐，就是我们最好的礼物。感谢圣诞老人，他也送给了我们一份无可替代的礼物。

秋雨飘摇的夜晚

今秋的雨季来得早,但缠绵与往年相比,还是有过之而无不及。"都道晚凉天气好,有明月,怕登楼。"如今的明月却早已久违,谁也不用怕登楼了,即使在高楼远眺,依然是秋雨茫茫。

七天了,七天看不到一丝阳光和月光,这在北方,也是很少见的天气。七天之中,几乎全是雨的天下,中雨、小雨、毛毛雨时断时续地交替上场,就像两个热恋中的有情人,说不完的情话,诉不完的蜜意,缠缠绵绵,难舍难分。不过,在雨中也不全是浪漫,屋内屋外,都是浓重的潮气。住平房的,地上长满了青苔;住楼房的,菜板上都能生出淡淡的黑绿色。因了这种特殊的天气,心情也不免沾了些潮气。

今夜的钟声已经响过,我没留心,但也一直没有睡意。随手翻着几本旧书,即使平常最爱读的,也看不到心里去,也许颜如玉早已与南柯有约,才让我与书不在同一个磁场。此时能钻入耳中和心中的倒是那些秋虫的不停呢哝。我一直知道秋歌是秋虫唱的,却不知道秋虫是什么虫,小时候,外婆说秋虫是神虫,人是捉不到的。此时,窗外的秋歌正唱得欢快,干脆打开一扇窗，让秋虫的演唱会离我更近一些。微微的秋风过处，凉意颇深，我又赶紧关了窗子，试图将秋风秋雨全部关在窗外。

若不是怕冷，秋风吹进一些又有何妨？我早已过了"为赋新词强说愁"的年龄，现已和秋天淡然相处，静看它的丰收与失落。我忽然发现，北方的四季中，只有秋季是最矛盾的，硕果累累和秋叶飘零同时存在，看尽了得与失。秋季不像春季那样春意盎然，也不像夏季那样热情如火，更不像冬天那么万物萧条，秋天还是独一无二的。不知南方的秋天是怎样的？"何处合成愁，离人心上秋，纵芭蕉不雨也飕飕"，我也只能在诗文中想象着南方的秋天和秋雨的诗意，如果有机会欣赏到雨打芭蕉的真实意境，该多好？

亲历南方的秋天还是很遥远的事，可眼前的秋天又是什么时候到来的？我居然未察？发现它的时候，早已近中秋。

今夜的雨真是缠绵至极，前几天还是时断时续的雨丝，今夜却连绵不断。透过玻璃窗，看到两盏清冷的路灯下，在或明或暗的地上，正飘落着不急不缓、连绵不断的秋雨。也许因为住的楼层高吧，也许因为秋虫们太急于表演歌唱吧，秋雨的落地声，居然一点儿也听不到，这样也好，这样就省了潇湘妃子那"已觉秋窗秋不尽，哪堪风雨助凄凉"的感伤。

白天的风时大时小，吹落了很多叶子，此时此刻这些叶子正在潮湿的地上和秋雨零距离地接触着。看到叶子，我的思绪就拉得更长了。

春天的时候，万物发芽，树上的叶子，是那样兴奋地成长着。不过，不管叶子怎么努力，叶子始终是叶子，它不会像花儿那样在枝头盛开和鲜艳，它只会向人们展示它的飘摇不定，展示生命的颜色——绿，同时也预告着花儿即将盛开的消息。人们对绿叶还是有所肯定的，"红花还需绿叶配"就是这种肯定的写照，如果没有叶子的衬托，花的鲜艳就会失色不少。但人们赞颂的是盛极一时的叶子，有心有情欣赏枯叶的人就不多了，尽管大家都明白盛极必衰的道理，但目光还是极少为枯叶停留。

当第一缕秋风轻轻吹起，当第一滴秋雨悄悄洒落，当第一丝微黄光临绿叶，叶子就进入了它的抗争期。它在努力地抗拒着那抹微黄，它更紧地抓住了树枝，它更希望叶落归根的时刻迟些到来。叶子喜欢自己在枝头飘摇的感觉，那是它生命的舞蹈，那是它展示美丽的唯一机会。尽管叶子的坚持是那样微不足道，但它从不轻易松开树枝的手，它拼命让自己在枝头更久地停留着。直到秋雨更长、秋风更急、秋意更深、秋叶更加枯黄，叶子握着树枝的手还是非常渴望、非常努力，但清醒的树枝明显地感觉到了叶子的力不从心，感觉那只相握的手越来越无力，害怕孤独的树枝，于是也就更紧地握住叶子的手，让叶子在空中多舞蹈几天，让分离迟一些到来。

尽管叶子是这样的努力，树枝是这样的相助，但叶子终究逃不掉飘落的命运。又一片叶子在秋风秋雨中飘落了，虽然叶落无声，我却分明听到了一声叹息，不知是叶子的，树枝的，还是我的。

当叶子扑向大地的那一刻，大地张开海纳百川的怀抱来迎接它，叶子的失落感在大地温暖的目光下，有了几分和缓。在这一刻，叶子深刻领会了叶落归根的含义，叶子想，自己其实也没有与树枝分开，只不过从上面到了下面，只是位置有了改变而已，而树枝也终有一天，会扑向大地，与自己团聚。虽然叶子的结局，必定是成灰或成泥，但是有了上面这些阿Q般的想法，叶子的悲伤似乎少了些。

在这样飘着秋雨的夜晚，我仿佛看到了叶子的故事。在我正要为叶子释怀时，窗外的雨声已经渐起。我用心地听，叶子没有抗议声，我努力地看，落叶还在秋风秋雨中跳着最后的舞蹈，也是它生命的绝唱！此情此境，怎不让我生出几分感慨？今夜秋雨长，思人无梦乡。此生如一叶，荣枯自飞扬。

取舍之间，你犹豫没

我不喜欢整理东西，倘若整理时，必定是非做不可了。我最喜欢的地方是书房，但我最不愿整理的地方也是书房。如果书都整整齐齐地排在书架上，那就说明我有很长时间没看书了；如果书架上横竖不齐，就是我忙于读书的时候。如果家里杂乱不堪，那就是我写作的时候。我喜欢一气呵成，不管是读书还是写文章，一旦中断，那感觉就很生涩和无趣了，即使后续完成，文章必然有拼凑之感，读的书也不再兴趣盎然。若在沉浸其中时遭到丈夫的反对，我会很习惯地用一句话解嘲：宁可乱了"敌人"，不可乱了自己。

对这一点，不止我自己，孩子和老公如果留心的话，也是深有体会的。每次房间里井然有序时，他们必定会有很多东西找不到，所以，乱也有乱的好处。

没时间是个借口，我只是不喜欢整理东西时的感觉——有很多物品，我不知道该舍还是该留。有些东西，当时觉得一点儿留用的价值也没有了，把它扔掉后，在某个时刻又忽然感觉非常需要它了，可是已经悔之晚矣！有些东西，以为它还有剩余价值，留了十年八年的，居然越留越找不到它有什么用处。

当一心只想着整理的时候，往往会把某个东西的纪念意义忽略掉，更多地注重了实用价值。有个手工编织的坐垫，我至今还保留着，那是婚前我和老公一针一针研究出来的作品，在我们的婚礼中，它是那样精致和美丽，这是唯一两个人用心亲手共同完成的东西，我们把对爱情的希望和对家的憧憬都编织在里面了。每当看到这个坐垫，我眼前总会闪现当年的样子：一个女孩不熟练地编织着，一个男孩认真地观看着，不知在聊什么天，但常会笑得让编织中断，有时男孩也会笨手笨脚地织上几针……这样的纪念品又如何舍得扔掉呢？

有很多东西，总是让人感觉留之无用，弃之可惜，所以，对于整理来说，真是件劳神又劳力的差事。

不记得什么时候了，曾看过一篇文章，主题是生活的乐趣在于整理。三十岁以后才知道，生活并不像书中记录的只需要整理那样简单。整理是很难的，因为整理的过程就是取舍的过程，舍掉之后，就真的不需要、不留恋、不后悔了吗？一个"舍"字，何其了得？

明月几时有

月亮，对于幸福的情人来说，它是浪漫的、美丽的，而赏月完全是一种浪漫，所以"月上柳梢头，人约黄昏后"。但其实，幸福的人有幸福的眼，他们喜欢的，仅仅是这种境界，而不是月亮本身。幸福的人带着幸福的光环，幸福的心早已比十五的月亮还要圆满，热恋中的人哪会因为月亮有无圆缺而分心呢？

月亮之于流浪者，除了是天然的灯光之外，更重要的是福音。有月亮的夜晚，就预示着可以有好梦，或是相对好的梦。月亮虽挡不住风，但它存在的时候，就不会有雨，也没有雪，总算可以比较平静、安心。

月亮之于相思者，它是一种安慰。同一个天下，看着同一个月亮，我在想着的时候，我在看着的时候，最爱的那个人也在想着或看着吧？"但愿人长久，千里共婵娟。"

月亮之于伤心人，它就是一个伴侣。真正懂得、真正体会自己心情的，没有比月亮更清楚了。曾经的是是非非、点点滴滴，又有哪一个不是月亮曾目睹过的？而如今，依旧只剩下月亮了。不管世事如何改变，月亮都会忠实地陪着自己，自始至终。它有什么是看不到的呢？不管它看到什么，它都会宠辱不惊。月亮已经历经了千年万年，有谁比嫦娥与后羿的爱情更悲伤的？无心一别，从此天上人间，人不见，心难寄，除了对月长叹，又情何以堪？"举杯邀明月，对影成三人"，除了人影、月亮的影子，另一个该是最爱之人吧，也许是嫦娥，也许是别人，虽说这一切都是虚幻的，若能相聚，哪怕是短暂的、想象的或是梦中的，只要能聚就好！月宫里的嫦娥，慢慢地，她在人们眼里已不再是一个人、一个神，而是一个缺憾爱情的化身，成为一个月圆人不圆的悲剧代名词。

"明月几时有，把酒问青天""春江潮水连海平，海上明月共潮生""举头望明月，低头思故乡"……天上的月亮、海上的月亮、思乡的月亮，有月亮的地方就让人灵感万千，难怪祖先们留下了这么多关于月亮的诗词。因为月亮是人们不可或缺的朋友，它不仅偷窥了你的幸福，也见证了我的忧伤；它既了解你的心痛，也懂得我的彷徨……

今夜你在想什么

还不知道它叫什么，月亮旁边的那颗星，在月亮的映照下，原有的光辉也暗淡了。如果星星的出场地离月亮远一点，那星星的光辉就会明亮许多，但那颗星，最终还是选择了留在月亮旁边，成为月亮的陪衬和伙伴。不知道为什么，竟会为那颗星星惋惜。在目光后面，惋惜成一堆零零乱乱的文字，在幽幽的音乐中串不成优美的一篇。

秋虫在呢喃着，一停不停地，生怕一休息就没了自己的位置或是得不到秋的奖赏似的，拼命地叫着，不只扰乱了宁静的秋夜，更为失眠者增添了许多烦躁。但听着听着，我忽然就很理解秋虫了，它的呢喃是生命的证明。短暂的生命因深秋和寒冬而结束，这个清凉的季节才是它的天地，它只有这么几十天的舞台，可以雀跃，可以舞蹈，可以尽情歌唱。这是生命的绝唱，生命若在，歌唱不息。

胡乱思想下，居然写出这样一行字：爱是一个人的事，恨是两个人的事，争是三个人的事，斗是一群人的事。那么思念呢？应该是什么事？多少人的事？对着茫茫夜空呆看了许久，回到桌前再续上一句：思念是有情人的事。如果不是这样，朱敦儒怎能写出"不知今夕烟水，都照几人愁"的幽怨之词？如果不是这样，苏轼怎会吟出"但愿人长久，千里共婵娟"的千古佳句？

  人都说生与死不过一步之遥，那么我的朋友，今夜的你，少年早逝的你，此时是否也可以感受，感受到这零乱或莫名的思绪？在那个没有阳光和月亮的世界里，你可否习惯了？也不知孤独的你、善良的你、现在的你、今夜的你会在想什么……

  今夜我左思右想，想了太多太多，虽然不知在想什么。

有些东西不会老去

我的父亲不是文人也不是学者,但他与书却有很深的渊源。

父亲的第一学历真算低得可以,勉强算得上小学,因为他连三年级也没读完。没办法,我父亲生在穷乡僻壤,家中兄妹共有十人,充分体现了越穷越生的说法。虽然没机会上学了,但父亲学习的热情却丝毫不减,不管在家务农,还是在外当兵,不管当了一名普通干部,还是如今的县级领导,对他来说,读书都是他工作之余的最爱。虽然他的实际水平远远高于一纸学历,虽然他有机会改写学历,但他没有这么做,因为他总觉得那有造假之嫌,因为他的固执,因为当时的学历高于一切的风气,他也失去了一个平步青云的机会。不过父亲好像并不介意,并不与书结仇,对书还是爱不释手。他写材料更是得心应手,即使大学出身的秘书,对父亲的文字水平也不敢小觑,记得父亲有篇论文还在省级刊物发表过呢。

某日回娘家时,又去参观父亲的书架,上面多是一些理论或政治书籍。我信手翻出两本旧书,那是毛泽东和陈毅的诗词,封面和扉页等均已黄旧不堪,都是20世纪70年代初出版的书籍。我发现上面有许多注释或拼音,父亲读这些书时的艰难与辛苦都跃然纸上，他的认真劲也可见一斑。在那穷苦的岁月里，父亲买这么一本书，不知要省吃俭用多少日子呢！想起自己不太费力就可以摆满的书架，想起自己常常懒散又懈怠的读书态度，想起自己经常跳行隔页的读书方法，实在惭愧不已。

像父亲这一辈人，他们看不惯"F4"，也不懂得 Internet 或 E-mail，甚至许多观念都真的陈腐而老旧了，但是他们的很多精神，还是值得我们认真学习的，比如踏实，比如懂得珍惜，比如进取心、责任感，比如读书……

健康真好

　　这几天晕得不知天南地北，所以多半时间都躺着，有时也会倚靠在沙发上。

　　此刻，手中的圆珠笔好像有千斤重，要用大力气才能写出，只好又换了铅笔。握着铅笔，轻松地就能画出痕迹，感觉真是欣慰至极，原来有所想时能有所记，是这么幸福的事。电脑和网络进入生活后，写字都只是偶尔为之，即使如我这般写作的人，也极少用笔来写文章。此刻，我却分明地感到了写字的快乐。

　　目前，眼下，也许一窗的风景的确小得可怜，但心的风景不能可怜，字真是歪歪扭扭的，但它能记录我的想法，这已经很满足了。我写字是不能低头的，因为晕，所以就糊弄着盲写，凭感觉去写去画，等有时间再整理吧，估计我这样的草书，没几人能看得懂。

　　除了躺着，终于还有一件事是我能做的，能记录下我的思想，此刻我全身心都充满了喜悦，仿佛病魔已经远离了我似的。

　　躺在靠窗的沙发上，我看到了窗外的天空，也只能看到窗外的天空,虽然透过防护网,这一片小小的天空被隔成一小块一小块的,但不妨碍我欣赏天空的美丽,一半是白云,一半是蓝天,纯净漂亮。东边有一突出的阳台外墙,由灰白色碎砂子组成,有一道沥青铸成的细小隔线,楼上防护网的边缘我也看到了,因为,我能看到的东西太少了。

躺在这里,只能看到窗子上方的东西,那些楼下的行人、绿树花草,都很遥远了似的。我曾看到太阳从这经过,一点一点地过来,又一点一点地离开,太阳的脸,我看不到,是通过墙上的影子猜测的。风也从这路过,那是飘扬的窗帘告诉我的,还有雨也从这落过,还有露珠吧?我每天都比太阳起得晚,所以赶不上跟它打招呼;我每夜都比月亮睡得早,也来不及跟它说声晚安。那些黑云白云,浅灰、橘黄、七彩的云,都在这里变幻过、舞蹈过,就像为我而开设的专场演出。

窗帘也是很别致的,蓝色的《竹趣》,一丛竹子,几根生机勃勃的竹笋,两只小鸟亲昵地站在竹枝上,似语非语的神态,让人猜不出它们的关系,是情侣、母子还是兄妹?我也看到过真正的小鸟,它停留在窗外的防护网上,好奇地向屋内张望,那小巧而灵动的眼睛正好与我相对,我露出了一生中最平静和友好的微笑,大气也不敢出,可惜,它只看了两眼,就飞走了。我正失望的时候,小鸟又飞了回来,小鸟长相都一样,我分不清是刚才的还是新来的,在我心里,宁愿相信是它恋恋不舍,为我而来。它在防护网上站了几秒钟,不知是忘了我,还是根本就没看到我,喳喳了两声,即展翅飞去。

这就是我的一窗世界,我的一窗风景,虽然小,但在漫长的日子里,仍然给了我温暖和力量,特别是小鸟的光临,更让我向往，希望像它那样自由自在地飞翔。幸好，这种日子只过了十几天，健康又一点一点地恢复了，健康真好！

　　守望着一窗风景的孤独，终于翻过一页了，真希望这样的日子一去不返。

随风起　随风落

虽然是住在居民小区，也属于钢筋混凝土的世界，可我家与别家不同。我家楼前有一片几十棵的小白杨组成的绿地，不仅让视线开阔，更给我带来了许多乐趣，单是季节的无常，就能在这些小树身上最明显地呈现出来。

春天，我无法确知是哪一天，随着春风的到来，小杨树忽然间缀满了小小的叶子，一个一个像含苞待放的小花，我还来不及仔细欣赏，第二天，它们就全部舒展开来，嫩黄的叶子就是春天最欣喜而妩媚的笑容。一天一天过去，叶子们很丰满地在树上雀跃着，夏天就在叶子最茂盛的时候到来了。无论多么炎热的日子，这些小树都是那样绿意盎然地挺立着，让我的视线中多出几分清凉。夏天的风雨总是多不胜数，可小杨树们并不惧怕，树和叶子手握手在风雨中狂舞着，最欢快最幸福的舞蹈也莫过于此。每逢夜晚飘雨，叶子就在路灯下一闪一亮地舞着，这时间最容易让人思绪万千。

深秋时节，叶子开始叹息了，它们总会随着秋风陆续飘走。到了冬天，若是逢雪，小树上更是另一般风景，经过雪花的装扮，小树林被银装素裹成千树万树的"梨花"，风过处，雪丝飘飘，不是小雪胜似小雪。只是也有不美之处，那个最后的小叶子，经过雪花的恶意亲吻后，再也经受不住负荷，极不情愿地、无声地落到地上，甚至都来不及和亲爱的树道一声再见。其实，此时的树也不见得留恋叶子，受了雪的诱惑，因了雪的光芒，小树得到了人们无数的赞扬，这让小树感到无尽的荣光和温暖。雪过天晴后，不知道那光秃秃的小树会不会想起那个将生命的极致托付给自己，并和自己紧紧牵手到最后一息的叶子，或者小树会后悔吧，这些都成为未知的了。

  如今，在这个深秋的清晨，我看到那些小树上还有几片叶子寂寥地挂在枝头。于是，每天我都为它们担心着，特别是风起的日子，我会牵挂那几片树叶，回家第一件事就是将目光飘过小树林，还有十几片，还有八九片，还有四五片，我的心中忍不住要为这坚强的小树叶鼓掌欢呼了，它们是那样努力和勇敢地面对着秋风萧索复萧索。虽然我知道，即使是最后的那片叶子，它也一样会被树放弃掉。然而来年，那个最后离开小树的叶子，它会不会继续上演与树的爱情故事呢？会不会在意和忌恨当年的那一刻，因为有了更美丽的雪花，亲爱的树竟然松开了自己的生命之手？风起的时候，我的心跳又加快了，我为那几片叶子祈祷，我希望秋风不要太过无情，哪怕给树留下一个叶子，哪怕这个叶子还是作为对树的爱情的考验，也许它们的爱情短暂，却也聊胜于无。

  风起的时候，我祈祷！

年年都有春暖花开

天,阴阴的,冷冷的,仿佛又回到清明前夕似的。可窗外,已经是春花盛开、枝繁叶茂了。这个春末,空气还是多变了些。

听说某个城里已经发现了幼儿手足口病例,此城与我们相邻,全国各地也都在讲这种病情,虽然不算什么新鲜事,但听到这个消息,作为一个孩子的父母,多少都影响了一些心情。可工作还是一刻都不能停的,紧紧张张地忙了一堆事,还是那么烦琐。在记工作记录时,感觉都是一些小事情,可哪一样都得完成,做完了,不见得有什么成绩,但是心安。

办公室是个复杂的地方,工作千头万绪,烦琐异常。它是一个单位运转的中心,直接为领导和同事们服务的,流程熟悉了、工作和人际关系理顺了,一切得心应手,否则,处处磕磕绊绊,很难完成任务,更谈不上圆满二字了。

办公室是一个单位的窗口,它直接代表单位和外界接触,来人来访、上传下达、会议筹备、文件材料、来人接待等等,每一项都责任重大。有人以为坐办公室轻松得很,不就是一张报纸一杯茶吗?也许个别单位是这样的,但在我们这里,每个人都像陀螺，要连轴转。工作任务一个连着一个，有时是一堆接着一堆，加班成为家常便饭，幸好大家是个团结、和谐的集体，所以忙碌但快乐。

　　不能小看一个电话，其实这是很有责任的，比如一个通知记错了时间、地点，少传达了一个单位，少通知了一个人，这都是工作的失误，影响极坏。电话铃声响起，就意味着工作任务来了，每一个电话都需要记录清楚，需要去传达和落实，谁说接个电话就很简单呢？

　　即使没有光明的仕途，也必须一如既往地热情工作、认真工作，至少要对得起自己的工资、良心，对得起领导和同事们的信任。只要尽心尽力，即使达不到别人的要求，也问心无愧。毕竟每个人的想法是不一样的，步调一致是很难做到的，我的原则就是：不求完美，但求无愧。

　　今天上午记了十三项工作记录，引发了以上的感慨。

　　下午上班时，路上已有人穿上小棉袄了。夏天即将到来，谁能想到会如此寒冷呢？季节无常，我们不能改变，只有接受和适应，而人生又何尝不是？可以改变的，积极努力；无法改变的，我们也会期待，因为谁都相信：年年都有春暖花开。

铭记与爱情无关

一年一度秋风劲，秋风尽处，不知今夕是何人？不知为什么，此时此刻就有了这样的感慨。朋友，今天是什么日子，明天是什么日子，你都还记得吗？那些已经是很久很久以前的事。

我还记得那些聚会和那些欢笑着的人们，还记得那条小河、那条小路，还记得那片树林和那个炎热的夏季，还记得那些再明显不过的谎言，还记得老师的话，还记得小学同学的样子，甚至还记得小时候的梦……还有，还有，还有太多的记忆，原来都还不曾消失。曾以为过去了，就会慢慢地忘记，真正地过去，现在我才知道，这是自欺欺人。那些经历过的事，相遇过的人，不是一句话和多少年的岁月就可以抹掉的。十几年后，我才发现，原来他们都还在我的记忆里，不管我愿不愿意。原来记忆不会像老师写的粉笔字，想擦去就可以擦去的。

记忆是什么，我也不太清楚，不过，在那个懵懂的年龄，谁都不会想到，将来的某一天，所有经过的事情都只有"记忆"两个字了。记忆就代表着过去，代表着曾经。

"年年岁岁花相似，岁岁年年人不同"，诗人用最简练的语言对"一岁年龄一岁心"做了最精辟的陈述。谁都不会想到，当时让自己痛不欲生的感觉，在很多年以后也会一样风轻云淡。关于去年的事，我们记得很清楚，而明年的，我们却无法预测。所以我认为，人的一生最重要的就是记忆。

当一个人年华老去时，除了儿孙绕膝，除了老来有伴，除了观看夕阳和晚霞，还能拥有许多难忘的记忆，我想他就是幸福的。当那久远的往事一件件浮现在眼前时，什么对与错，是与非，都因为岁月的流逝而变成了美好。这时的他，怎能不为自己多彩的人生发出会心的微笑呢？

老人爱回忆，除了感叹自己的年华逝去，还会生出许多欣慰，所以他们总是往后看；中年人爱回忆，除了伤感之外，还会杜绝前车之鉴，所以他们总是看后也看前；而年少之人，因为青春无价，因为经得起失败，所以一味地向前看，虽然他们有记忆，但一般都不去回忆，因为他们正处在制造记忆的时候。

对一个人来说，只有有了许多酸甜苦辣的记忆，这一生才不算虚度，才能回味无穷。难道不是吗？人活着的时候，是在不断地制造和拥有记忆。而人死之后，也只能留下记忆，成为别人的记忆。有些记忆会很长久，若干年之后，就连那些曾经与爱有关的，再回想起来，也已经恍如隔世。即使相遇，也再与爱情无关了，安全距离之内只有遥望和祝福的权利。有一种铭记与爱情无关，否则便是伤害和践踏。

满眼秋色关不住

从今天开始，就进入阴雨连绵的日子了。

秋真的来了！放眼望去，楼前的小树林里遍地落叶，满目萧索。

秋雨缠绵复缠绵，心情呢？

人渐老，天渐冷，风渐凉。

那些远方的，身边的，曾经牵挂过的，怨恨过的，或是一面之缘的，甚至平淡如水的人，你们都好吗？在这潮湿的日子里，是否也如我一样，情绪和眼睛都莫名地潮湿了？时光无影无踪地消失了，岁月忽然间就有痕了，在你的脸上，我的眼角，他的发间。这一刻才恍然，原来时光真的来过，在什么时候呢？不确定，而能确定的是那些痕迹留下的，由浅渐深，由淡转浓，不管我们愿意不愿意，欢迎不欢迎，我们的眼神深沉了，面孔沧桑了。

秋天也是收获的季节，但收获的喜悦更多地被农人体会和获得，于我们，那些早已远离土地的人，仿佛只剩下秋寒了。

十月长假的最后一天，我要回老家一趟，去看看那些久违的乡亲，看他们是如何迎接秋天的，在他们的忙碌和喜悦里，也许会找到收获的真实感觉，会感到一些温暖和欣慰。

被搁浅的诗人

上初三的时候，我从乡下转学到了县城，因为父母的工作终于固定下来，家也可以固定下来了，所以，他们自然要接回从小就生活在姥娘家的我。记得当时的我还非常不愿意，我舍不得离开姥娘姥爷，但父母却很坚持，于是我就来到了陌生的县城。

真正让我喜欢这个家和这个地方，是因为一本《诗词格律》。我不记得它的出版时间了，但那时看来已相当破旧，封面和里面的纸张都已泛黄，我猜想这书有十几二十年的历史了。这是我第一次看到课外书。说起来惭愧，老家很偏远贫穷，老师也只是偶尔提到课外书。课外书对于我来说是稀缺而珍贵的。我细细地读了这本书，特别是那些列举出的诗词，让我爱不释手。后来又陆续看了一些别的书，更多的书。

《诗词格律》的内容比较深奥难懂，里面讲解了关于诗词写作的格律，古诗词讲究平仄和押韵，不管七律还是词都有严格的规定。我真是服了古人，在这么受束缚的情况下，还能写出那么精彩的诗词。上高中时，有个同学知道我喜欢诗词，就从其父那里给我借了本《唐诗宋词三百首》，我问什么时候归还，同学说一周之内。那些诗词都是精选的，每一首我都很喜欢，看一遍怎么能过瘾呢？于是我利用一切时间抄写了这本书，手酸得实在不行时，就用力甩甩，然后继续抄。那么厚的一本书，竟然让我在一周之内抄完了，有些经典的地方，我都画了线，这本笔记至今还在我的书架上。看得多了，自己也有了写诗的冲动，我根据那本《诗词格律》，还依样写过几首呢，那应该是我最初的作品吧。

高二时，母亲竟然误将《诗词格律》当垃圾卖掉了，得知此事后，我还哭了一场，父亲也批评了母亲。母亲竟然把此书当作没用的旧书处理掉，真是又可气又可笑。真太可惜了，有那么多格律我都还没记下来，有些还没看懂，还想着到高中毕业后好好研究一番的。后来我多次到书店去看，都没有这类书籍。后来我写了很多诗词，古今都有，因为深受那本书的影响，写现代诗也会自然地押韵，这在20世纪八九十年代的新诗中，可算是犯忌的，但我喜欢，也一直坚持。

因为喜欢诗词，所以也喜欢上了文学创作。作品至今已发表四百多篇了，诗也有，但少。如果那本《诗词格律》还在，恐怕我早已成了诗人词人也未可知。谨以此为自己解嘲吧。

我很感谢《诗词格律》，它缩短了我和父母的距离，它让走上了创作之路；我很怀念《诗词格律》，因为它是我的第一本课外书。

让我们牵手一生

认识他的时候，正是我的情绪低潮期。

他的到来，就如一位昔日故交重逢般的喜悦与自然，一眼之间，就认同了这位默契的朋友。

因为只是朋友，就不必去表现自己，刻意地装扮自己；因为只是朋友，有的只是平常的问候；偶尔促膝谈心，他的失落增添了我的哀愁，我的笑声舒展着他的眉头。不见时，有一种浅浅的思念，相见时，便有了发自内心的喜悦。

时间就这么毫无波澜地过去了，一千多个日出日落里，唯一不变的就是我们那份平淡而默契的友情。

不经意地我们就会走到一起，乘车会同座，赴宴会相邻，演出是搭档，一个眼神，就省略了许多的语言。当彼此发现原来寻寻觅觅的那人就在身边的时候，我们宣布了恋爱的消息，朋友们竟然如诸葛亮般先知，发出"旁观者清"的会心微笑。

婚姻的开始，也没有成为枷锁或坟墓。"我说……""行了，知道了。"他打断了我，却能做出我心里想的事，或是说出我没说完的话。最有趣的是，有时我们会在不经意之间哼出一句相同的歌。

他在住院时，有我在病床前日夜守护，我想方设法讲这许多新鲜事，赶走他久在病床上的枯燥与乏味。当我烦恼时，他是我最好的倾诉者，他的风趣如一缕阳光，给我温暖和力量。相知相遇十多年了，我们一直是快乐时共同欢笑，烦恼时一起忧伤。

　　夜里一觉醒来，看到月光清冷地穿过窗子，无声地走进屋里。每当这时，我就万般地感慨起来，可怜嫦娥只能在夜阑更深时，偷窥一下别人的安宁与幸福，来温暖那颗孤寂的心。可庆幸的是，我有很多我爱和爱我的亲人朋友相伴，当然啰，最重要的是——有身边这个呼声正酣、可牵手一生的朋友。

坚持自己的原则

十八岁时，曾经向朋友借过简·奥斯丁的《傲慢与偏见》，匆匆地读了一遍，当时给我印象最深的就是达西与伊丽莎白的爱情故事，那个充满真情又曲折动人的爱情故事，让我至今难忘。

现在，我已经拥有一本属于自己的《傲慢与偏见》了，于是，就有了仔细阅读的机会。通过几次阅读，我发现了导致主人公们曲折爱情的根本原因——一个人该怎样坚持自己的原则？

没有自己原则的人，把握不住爱情。彬格莱就是一个无原则之人，他对自己的感觉不敢确信，他更注重朋友的评价和看法，他与爱人简分手后，尽管自己心里很痛苦，他还是坚持相信朋友的看法，压抑自己，躲开可爱的简。因为好友达西指出了彬格莱与简的家庭、地位不般配，而且指鹿为马，说简根本不爱彬格莱。而彬格莱呢？他一向没有自己的原则，所以对达西的话深信不疑，让爱情与自己失之交臂。

一个人该有自己的原则，但如果原则有错误，就该及时纠正。达西是个出身高贵、傲慢自负，又不会表达自己的人。他爱上伊丽莎白之后，还抱着那些老观点不放，把家族、地位当作婚姻的一项重要条件，即使对爱人表达爱情时，也不忘记表现出屈尊的意思，好像他的求婚是做出了很大牺牲似的。自信又自尊的伊丽莎白，当然不会接受他的求婚。伊丽莎白的拒绝，对傲慢自负的达西来说犹如当头棒喝。他不得不重新审视自己，并修改多年来坚持的、充满偏见的原则。达西发现了错误，他很理智地改正过来，于是后来促成了简和彬格莱的婚姻，又帮助了韦翰和丽迪雅正式结了婚，也真正赢得伊丽莎白的真情。

  一个人有自己的原则，而且是正确的原则，就应该坚持下去。伊丽莎白就做得很好，她并不以门第低微而自卑，当达西很明显地屈尊求婚时，虽然达西是许多女孩梦寐以求的结婚对象，她还是理智地拒绝了。当达西改变了错误观点和做法，让傲慢与偏见败给挚爱真情时，伊丽莎白当仁不让地选择了达西。即使达西的姨母以身份、地位等差别来羞辱她，企图拆散两人时，伊丽莎白的回答也很有原则："我非要按照自己的意志去行事，我认为怎么做会使我幸福，我就怎么做——你说达西先生和我结婚，会引起世人的反感和不耻，我倒不以为然。因为总的来说，大家还是有头脑的，不至于都来嘲笑他。"这么自尊、自信又自爱的女孩，能战胜世俗、能有个理想的归宿，就一点儿也不让人感到奇怪了。

  一个人有了正确的原则并坚持下去，在困难面前，他就会不战而先胜了三分；一个人如果没有原则或没有正确的原则，当困难来时，他就会不战而先失了三分。所以说，坚持什么样的原则，是事关人一生的大事。我们每个人都有这样或那样的原则,不管是正确的还是错误的,我们都在坚持着各自的原则。于是也就有了这样的重复,我们不断地得到着,也不断地失去着。

小窗内外　各自安好

　　向阳台看去，仿佛一切晴好，阳光在这里肆意地温暖着，谁会想到窗外是一片寒天冻地呢？

　　谁能将一切看得透？看得准？我是甘拜下风的，特别是看人。因为视力有限，心智有限，所观察的角度有限，总是会出现"横看成岭侧成峰"的尴尬。哪些是真实的，哪些是刻意的，很难分。有人说，人至少也得有四面：人前和人后，里面和外面。不想了，不看了，咱又不想做算命先生，想多了自寻烦恼。与其费神费力，倒不如不看，省事，干净！就像这一窗的阳光，感觉温暖如春似的，哪怕是几十分钟的温暖和光明，也先享受着吧。

　　岁月真是一把刀，利刀！不仅刻下深浅不一的皱纹，刮去天真，也让人的心灵蒙尘，有世俗之尘，也有岁月之尘。有一个场景很常见：一些在大街上的男士很容易被美女吸引目光，当身边的妻子抱怨时，他们多数会说：只是无意识地瞥了"一"眼，瞧！这都是眼睛惹的祸。有时讽刺人，我们也会用这四个字：有眼无珠！这眼睛啊真是冤死了，甚于窦娥。"花非花，雾非雾""看山不是山，看水不是水"，眼睛是受心控制的，它不过是心灵的窗户而已，所以才会有如此经典的两句！不知哪个男人敢对妻子说：爱美之心，人皆有之！这不过是一种欣赏和羡慕，往大了说，也就是几秒钟的变心而已。不知有没有这样的稀有之人？不知这话说出来，会有什么反应？

  临近春节了，抽空收拾房间，衣柜中那些闲置的衣服都被我打包放进杂物间。那些东西，其实都是自己精心挑选的，以为会穿很多年，可随着年龄的增加，总感觉越来越不适合自己，它们最后也只有在杂物间里与寂寞相伴。谁说女人就不喜新厌旧？眼睛还是那双眼睛，衣服还是那些衣服，此时与彼时，审美观却大相径庭。在年复一年的轮回中，生活环境变了，是非观念变了，容颜也变了，还有什么不可以改变？说易变是男人的专利，这话不准确，女人有时更能发挥到极致，只是最后所更换的对象不同罢了。

  奉劝别人时，我们通常都会说：听到不如看到，要相信自己的眼睛。眼睛是心灵的窗户，眼睛所看的，就是真实的吗？不是表象和假象吗？若说最真实最永远的事物，这世上只有"时间"配得上，它可以改变一切，有谁能改变它一分一秒？

  就算都能看透，人也不能太理智，否则就没幸福可言。就像这一窗的阳光，即使窗外冰天雪地，我们依然相信、享受和珍惜这一刻的温暖，"糊涂"并快乐着。

我的秘密你知道

今天难得清闲又清静，忽然想起了日记，天天写日记，那已经是很久很久以前的事了。

不写日记，原因有很多，有时间上的，有心情上的，也有其他的，总之，不想再提笔写下一时的感受。宁愿时光就这么毫无波澜、毫无痕迹地过去。

前几天开会的间隙，同事说起日记的事，问谁还在写。其实我是在写的，只是间隔时间很长，有时几个月才写一次，有时一年也写不了几次。在我这里，应该改称月记、年记，倒更确切。

小时候写日记，是在老师不厌其烦的说教下，也只是应付性地完成作业，"日记"也大多是编造和想象的。在小学阶段还没有太多心思去观察和感慨，老师若不说检查的话，谁都不肯去写日记的。

真正写日记应该是在初三，是因为长大了还是怎么的，有很多话不想说，或者找不到人说，只好把它们存放在日记中。后来发现居然有两本了，上班后再翻出来看看，发现旧日的自己真是太幼稚太可笑了，如果别人看到一定会笑掉大牙，为了保住观者的大牙，几经矛盾后，我还是让日记灰飞烟灭了。上班后的日记记得稍微成熟些了，但也没逃脱前者的命运。

日记是很私人的东西，是一个人的心灵之约，我的日记如果能一辈子只有一个读者，当然能够长命百岁了。可是如果百岁之后呢？

后来，我发现了一件比日记更阳光更有趣的事情，那就是写作。写作，它是源于生活而高于生活的，我不是我，你不是你，我们可以在作品中扮演很多角色，什么想法看法都可以付诸文字，"真亦假时假亦真，无为有处有还无"。除了散文要忠于生活忠于现实之外，其他的杂文、小说、诗歌都可以让人尽情发挥，让你中有我，我中有你。

今天看来，那几本短命的日记也没有白白逝去，它不仅是我心灵的伙伴，是情绪起伏的释放地，也是我成长的见证，更是我写作路上的真正处女作。明天，我再也不能看到它们了，但在我心里都是永远和永恒。

流浪的仙女

有很多年了吧？在学生时代，三毛向我走来，她在《温柔的夜里》，讲了《撒哈拉的故事》，虽然《雨季不再来》，她还是把《万水千山走遍》了。那时的三毛和琼瑶都是红遍大江南北的作家，说实话，当时我还不是太喜欢三毛，感觉她的文字比较散漫，思想像风一样自由，有些意境很难理解或捕捉到。倒是琼瑶的小说，更浅显易懂，更有引人入胜的故事情节，看起来较顺一些。

随着年龄的增加，后来却更喜欢三毛的书了，虽然有些章节较随意、生活环境很陌生，但是耐读，可以让人思考和咀嚼，回味起来也很有余香。

1982年出版的《万水千山走遍》一文中，竟然有这样的几句，在墨西哥旅游时，她看到了很多神，风神、雨神等等，但她却独独喜欢玉米神和自杀神。是天意吗？十年之后，三毛竟然真的自杀了。如果是小说的话，大家会把自杀神一事说成是伏笔，可那是她自己的想法、自己的文字，难道她已经预感到自己的未来了？真是不可思议。若是巧合，也太巧了。我不太相信关于过去、未来等等那些预测，不管是算命先生的话，还是游戏式问答得出的结果，都不太可信，可生活中为什么有这么多的巧合呢？今生真的是前世的注定吗？若不是，为什么会在十年前就有这样的喜好？是暗合，还是什么？有些时候，有些事情还真是让人困惑。

当三毛还是二毛的时候，其实她对生命就有了独特的认识，不仅是生活，还有爱情、友情，于她，都是那么可遇而不可求。有人说她特立独行，我不知道这话对不对，但要找一个别的词来替代，还真是很难。在我看来，三毛就是一个像风一样自由的女子，去她想去的地方，看她想看的风景，爱她想爱的人，过她想过的生活，写她想写的文字，这是很多人向往却只能是向往着的梦想。而三毛，她却做到了，世俗在她眼前心里都失色了，唯有她的坚持和追求，让世人惊叹：还有谁能将万水千山走遍？！

万水千山走遍！仅凭这几个字，就算得上豪情之旅、潇洒之行，有冒险、有浪漫、有收获、有错失，不管是什么，在走遍万水千山的行程中，收获了经验、收获了友情、收获了幸福、收获了百看不厌的文字，也看尽了人情冷暖、世事沧桑。仙女一样的三毛，人和思想都风一样飘着、流浪着，自由固然自由，想驻足的时候，已经找不到在哪里停留最好了，也许正因为如此，她才选择了生命的结束。可我相信，三毛的灵魂会继续她的万水千山！

秋雨缠绵复缠绵

今夜,秋雨还在风中不眠不休地飘着。

这样的天气持续半月有余了,一会儿大雨,一会儿中雨,最差也是个小雨或雷雨,这在沂蒙山区是不多见的。于是,太阳就成为罕见的稀客,成为人们念叨最多的话题,什么时候它才能出来啊?家里的被子潮得很,连菜板边上也长出绿色的毛来,最潮湿的时候,地板上像刚刚拖过一样,湿漉漉的。楼房里都这样,在平房居住的人家就更差了,屋内的墙潮湿成或多或少的黑色,院子里也都长出青苔了,滑滑的,脏脏的,不免让人生出许多丧气,整个初秋就成为雨的天下,连人的情绪都潮湿了,烦躁得很,大家相见时,必然咒咒雨或是怨怨天。

每天晚上看天气预报,这已成为家家必修的功课。每天看了也都是失望,怎么还是雨天啊?第二天一早,同事们相见了,第一句话也还是和雨有关:"没治了,还有雨呢。""可不是吗?这雨下到什么时候是个头儿?"这雨误了多少人的行程和事务不得而知,只知道这个"雨"字成了所有人的话题。

不管人的意志如何,雨还是那样肆意地下着,时大时小,时紧时慢地,不知道离乡的人在此时会是什么心情。"离人心上秋,何处合成愁,纵芭蕉不雨也飕飕",秋雨未至,吴文英他老人家已经愁成那样,若是再遇到今秋的雨,不愁死才怪。"都道晚凉天气好,有明月,怕登楼。"如今的明月却也早已久违了。

虽然今人不像古人那样多愁善感,也搁不住日久天长,心情也渐渐被雨打湿了,这其中也包括我。其实我一直是喜欢秋雨的,喜欢的就是它的缠绵,到如今,居然也难再说出个喜欢来了,因为它的过于缠绵带来了诸多不便。

今晚的雨还在敲打着暗夜,也敲打着我的心情。不清楚这连绵不断的雨意味或暗示着什么,只知道这个秋天的雨特别多,是真正的秋雨缠绵。

歌声中的温暖

对春晚,已经太熟悉,就像我们的年夜饭,是必须、是祝福、是传统,就是没有惊喜。因为太熟悉,甚至一口气就能说出十几、几十个熟悉的明星,从1985年至今,春晚已经越来越难办了。

今年,我也没想从春晚中得到什么惊喜,大多是老调重弹吧。临近年关,传出王菲春晚复出的消息,这真是一个大大的惊喜了。自从《相约九八》之后,就没有在春晚中听到王菲的天籁之声,年年期待,年年遗憾。特别是近几年她退出娱乐圈,过起了向往的"隐居"生活。说是隐居,其实她从未走远,因为娱记们不肯让她淡出人们的视线,打扰了王菲的生活,很可恶,同时,却又解了歌迷们的相思之苦,由此看来,做个娱记也真是众口难调。

一直没听过李健的原唱《传奇》,我想下载,可网络点击率已经太多,很难下载。几百次努力,十几天后,才终于下载成功。我听了第一遍,就喜欢上了这首歌,忧伤、旷远,词好曲妙,很适合王菲的声线,这样的天籁之歌,如果由独立于世俗之外的王菲来演绎,太让人期待了。很多年不这样盼年了,因为王菲，我希望今年的除夕快点到来。

蓝色的舞台背景，遥远的星空，忧伤、旷远，王菲淡粉色的衣服，增加了一抹亮丽，她淡若飘忽的微笑，又减少了一分忧伤，增添了一分温暖，歌声如高山流水，泉水叮咚，天然呵成，荡气回肠，空灵悠远，意犹未尽。如果不是热烈的掌声让我惊醒，恍若已经身在仙境。

感谢春晚的导演，让新年有了新意，让一曲仙乐从天降临，穿越时空，穿透俗世，直击心灵。感谢王菲，因为人间有王菲，从此有了仙乐飘飘的温暖，有了人间的传奇。

因为不懂，所以感叹

对胡兰成的《今生今世》，已经久有耳闻，可真正细读还是前些日子的事。其实，我算不上是张爱玲的粉丝，但她是女中文杰，我自然也会拜读她的文字，那些轻灵的、淡雅的、忧伤或琐碎的文字都让人过目难忘，尤其是她与胡兰成的一段恋情，更像一个解不开的谜。

书中的胡兰成先生对与张爱玲的一段感情直言不讳，有人说他这是借张出名，未看此书之前，我也有几分偏见。其实不然，真情还是常有闪现。不过胡先生实在是太多情之人，仅以夫妻相称的就有数人，这其中当然也包括张爱玲。胡先生总以为自己是张的知己，他认为张是不食人间烟火的，是专为他所生的，是能包容他一切的，甚至他与其他女人的事也拿来讲与张爱玲听，还要听听她的评价等。胡先生真是又可气又可爱，在文字背后的那个女人也有一颗脆弱而易伤的心，这些，都被他忽略了。才华盖世的张爱玲居然只是胡先生的几分之一，这一点很难让人接受，难以接受的还有张爱玲本人吧，在忍无可忍之后，最终她还是选择了离开。这段让人一感三叹的恋情啊，张爱玲在书中给很多恋人写好了结局，喜也好，悲也罢，有哪一个是能像自己的爱情如此这般？恨不能言，爱不能言，一腔真情终作他人笑谈，这个中滋味也许只有她自己能体会了。

对于胡兰成先生这样那样的言论，才女张爱玲不可能没有自己的想法和看法，但她竟都包容了，看来，她对这段感情还是无怨无悔的，他可以让她甘心低到尘埃里，这样的人又能有几个？

看完了《今生今世》，让我为张爱玲不平了很长时间，到今天才明白了以上的道理。主人公在活着和逝去时都很平静坦然，倒是我这个局外人生起闲气来。都说当局者迷，旁观者清，我看也不尽然，张爱玲给胡兰成写道：因为懂得，所以慈悲。她自己才最懂得这份情感。我篡改几字：因为不懂，所以感叹！

一人一世界　一叶一菩提

他，我认识的，也或说从不相识的。一个四肢俱全的中年人，一身不太干净却还完整的蓝色衣服，一双黑色的布鞋，还有两个白色的编织袋，一个扁扁的，另一个也扁扁的，这就是他的全部家当。

第一次看到他，也是在这个地方，新华书店的巨大橱窗外，坐着一个这样的男人，任车来车往，人来人去，在繁华喧闹的都市里，在阳光灿烂的照耀中，他的眼里竟然满是忧郁。他有时会无意识地活动着眼珠，只是出于本能，眼前往来的帅哥美女们，皆不入其法眼。"目空一切""超然物外"，我立刻想到了这两个词。他肯定不是疯子，至少此刻他是清醒的，因为他眼里没有恐惧、贪婪或是那种特定的疯邪之气。

等我们选好东西、付款出门时，他还是那样坐着，他面前聚集了一堆看热闹的人，有俩小伙子发生了争执，大约是谁碰倒谁的车子了，若不是双方都有人拉着，非打个你死我活不可。面对他们的吵嚷，很多人都会驻足或侧目，人越聚越多，只有那个流浪者，依然故我，茫然和忧郁地沉醉在自己的世界里，那个世界很安静很美好吧？若不是，又怎会如此专心和陶醉？

周末孩子要买文具，我们又来到了书店，这个男人竟然还安静地坐在那里。我轻轻地碰了孩子一下，让他注意那个人，孩子如往常一样小声说：是疯子吧？瞧另一个，头上还插着白羽毛，真酷！我转头看去，果然有一个衣衫褴褛的疯傻之人正往流浪者这边靠近，只见他有些嫌弃地朝疯子摆着手，等疯子懵懵懂懂地走远，流浪者又进入了自己的世界。

等我们从书店出来时，流浪者已安然于梦中了，硬而凉的水泥地，轰隆的车声、人声，甚至连飞来飞去的蚊蝇都丝毫影响不到他，在甜蜜的梦中，他回到家了吗？他见到想念的人了吗？他的故事一定是非同寻常的，若不是经历了大悲大痛，如何会选择流浪？我想他一定是离家出走的，流浪也只是他生活中的一段，是心灵的休憩，是对自己的一次放逐。

我们倒是生活在正常中，可争来抢去、爱了恨了、多了少了的，谁能比得上他清静和自由呢？"大隐隐于市"，若用这一句形容这个流浪者，算不算是对隐者的亵渎？

经过这样一段时间的放逐和流浪，他对世事会有大彻大悟吧？他放下了名利、金钱、亲情、爱情，当然也逃避了责任和痛苦，而我们每天都在争取拥有，谁能有勇气，像那个流浪者一样，放下自己的什么？哪怕只有一小段时间？有些人虽然看似富贵整洁，但心灵和行为却肮脏得很，与这个身体的流浪者相比，谁更干净呢？只是，在一个人的世界里待久了、习惯了，他还会回到这花花世界里来吗？他还愿意回来吗？

芬芳的书房

今天有时间，恰好也有心情，于是想认真整理一下书房。

我的书房很小，书也不太多，但这些书都曾是我的挚爱。看着那些熟悉的名字，我竟然呆立了片刻，有很久不翻那些书了，那里面的很多本，我都只看过一次，从此就被束之高阁，它是冷清的吧？原来我也有喜新厌旧的一面。我一本一本翻看着，买书与读书的情景都还历历在目……

除了《飘》《红楼梦》《苍茫时刻》《三国演义》等，其他书重复看过的还真不多。为了买到《飘》的下集，我曾费了几番周折，也许是中学时所得很少的缘故，对这套书，我百看不厌，它也是我青春时光的见证。现在，这套书已经很破旧了，我又专门购置了一套全新的，两套书一起收藏。有一本《西线无战事》，我也是买了两次。为了得到这本书，我跑了好几家书店，到市里去看过，也没有此书，只好在网上搜些内容介绍过过眼瘾。去年春天，终于在上海书城买到此书，但还没看到二十页，就在一次喜宴中丢失了，那种感觉比丢钱可心疼多了。幸好，那个书城还有这本书，我又重新买了一次，真是万幸！书架上有套光盘，那是老公送给我的生日礼物，上面有一百多本中外文学名著，知我者，老公也！

  小时候，我就是山口百惠迷，那时还没有Fans之称，但我也属于此类吧，凡是她的歌、照片、文字消息，无一漏过。她的自传《苍茫时刻》一出版，我就万分期待着，直到拿到手一睹为快才心安。百惠二十岁时，在最辉煌的时候急流勇退，嫁给心爱之人，专心做家庭主妇，这种勇气非常人能为。二十年后，听说她的丈夫三浦友和也出了一本自传《被写体》，我的渴望之心难以言表，他们这段时间过得怎么样？百惠退出之后是如何居家过日子的？我在很多网站发了求购信息，一直未果，后来，终于在哈尔滨的一个网上旧书店看到了这本书的名字，我赶紧联系，可惜还是迟了一步，书已经被别人购去。为了不再有同样的事发生，我先预付了书款，在此书店等了十一个月，才终于功夫不负有心人。收到书的时候，感觉真是如获至宝。后来，又相继在网上买了几本书，我发现，从远方得来的书，感觉很不一样，阅读时会更认真、更珍惜。也许这就是"唾手可得"与"来之不易"的差别，是我与书的缘分。

  虽然我的书房很普通，也很少有精装本的书籍，但我却十分喜欢，因为这是我的心灵之友、知识源泉。不知是不是错觉，我经常能闻到书房中飘出的悠悠书香……

榆钱儿今又满枝头

"阳春三月麦苗鲜，童子携筐摘榆钱"，在清明前后，榆树就已挂满一串串可爱的榆钱了。榆钱挂满榆树的时候，柳枝早就开始随风飘摇了，黄色的迎春似乎也不愿匆匆离开，最早报春的它，依然漫山遍野地张扬着耀眼的亮丽。洁白的杏花才刚纷纷落下，粉色的桃花就迫不及待地绽开美丽的花瓣，准备争夺春天的最美花仙子之称了。还有很多春的使者，都开始粉墨登场，不知为什么，我偏偏钟情于榆钱儿，感觉它很是可爱可亲。

榆钱，如小小硬币一样大小，挨挨挤挤在一根榆树枝上，像极了古代那种铜钱串子。书上是这样介绍的，说榆钱是榆树的种子，圆形，小纽扣儿般大小，薄如纸，中间有一个小小的凸起，样子像铜钱，因此得名"榆钱儿"。而我自己以为，榆钱是榆树的花，开满"花"的树枝随风摇动，让榆树绿意缤纷，婀娜多姿。

据说榆钱儿不仅赏心悦目，还有健脾安神、清心降火、止咳化痰、利水杀虫等功效。榆钱的吃法也有很多了，榆钱菜团子、窝头、榆钱饼子、榆钱粥等等。

去年到外地的纪念馆参观，在一家农户前，那满树的榆钱就那么可爱缤纷地下垂着，因为伸手可及，我忍不住咽了一下口水，想起小时候喝过的榆钱粥，真让人垂涎欲滴。犹豫了好久，还是忍不住伸手摘下一片小小的榆钱，直接放入口中，淡淡的涩，淡淡的甜，生着吃的感觉特别清淡清香。

其实我家楼前是有棵大榆树的，但是它长得很高，我目测了一下，已经与五楼的楼顶相差无几了，想用它来做榆钱粥，都是梦想和枉然。

在邻居家的楼前也有一棵小榆树，树枝矮小，榆叶伸手可及，可惜了，小榆树太小，它直接长出叶子，没有可爱细碎的榆钱可以采摘。

小时候，村里的榆树也不是很多，但是足够人们喜爱和争相采摘。姥爷就是采榆钱的高手，那么高的树，他都可以身手敏捷地爬上去摘榆钱，后来年龄大了，只能用长钩钩住低一些的榆树枝，捋下碧绿、细嫩的榆钱儿。所以每个童年的春天，我都可以吃到榆钱粥。

姥娘是怎么做成榆钱粥的，我从来没有关心过，我只知道有粥喝就满足了。有时是白面榆钱粥，有时是玉米榆钱粥，若论色泽看，前者远没有后者鲜亮，黄绿相间的玉米榆钱粥，颜值绝对爆表。但论口感的话，因为那时的玉米是粗粮，石磨加工制作也显粗糙，口感还是粗涩了些，但玉米面的清香味不减，也是十分好吃呢。当然，品尝榆钱粥的时候，姥娘还会照例"奉送"几句话："那时候，穷得吃不上饭，别说榆钱儿，就是榆树皮都扒下来吃掉的，你们啊，可是享福了！"我嗯啊地应着，姥娘的忆苦思甜，丝毫不影响我喝粥。添加了榆钱儿的粥，淡淡的滑香甜润，十分爽口，让我至今不忘。

　　让我至今不忘的还有姥娘的唠叨，如今榆树年年绿，榆钱年年有，但姥娘的榆钱粥却再也不会有了，姥娘在去年秋天永远地离开了我们，再想起榆钱粥，就总是有种挥之不去的伤感。如今，榆钱儿又满枝头了，姥娘，您看到没？

成长的土壤

保姆还没到位时，姥娘特地从老家过来，和我母亲一起照看我儿子。姥娘和姥爷十分愿意帮我看孩子，特别是我的孩子，是他们的心上事呢。姥爷宁愿自己在家，也要让姥娘来看孩子，但是他们年龄大了，我们不好意思让他们为下一辈人再操心，就谢绝了这份好意。

后来，保姆过来了，从这开始，儿子就交给保姆照顾了，丽丽是我家亲戚，人挺好，就是太小，才十七岁，不太懂得照顾孩子，抱着孩子玩还行，至于洗衣做饭，完全是我和母亲料理，幸亏离娘家近，这时倒显出好处多多来。母亲下班早，她经常过去照看，下午一般不上班，下午就更放心了，基本都是母亲和保姆一起看儿子。保姆看了一年，她想去上班，我父母觉得这事不好强求，就给她找了个工作，这下可麻烦了，婆婆在看侄女，虽然我儿子很听话，这时已经两岁多了，她看两个孩子也能看过来，但是最后还是没看成。再找个保姆也没成功，我和母亲就倒替着看孩子，上午我抱着孩子上班；十点或十一点，母亲来把孩子接回去，她下午多数不上班，下午归她照管。这样的日子过了两三个月，保姆还是没着落。单位领导理解，没说什么，同事们也十分喜欢这个小宝宝，连其他单位的同事也关注着宝宝，谁见了都会逗他玩一会儿，儿子也不哭不闹，又长得胖嘟嘟的，十分讨人喜欢。

总是带着孩子上班，我还是县委楼上唯一一个，为了解决这种窘状，只好狠心把儿子送幼儿园。不是不想送，那时的小班年龄也有限制，最小要三岁才行，我儿子才两岁半，差半年时间，虽是半年，从自理到胆量上，他要是和别人争执起来，都是很吃亏的。最后也没别的办法，只好托人讲情，人家才同意接收。在那个年代，这么小送幼儿园的孩子，还是极少数。

我们选择的那家幼儿园，是一家公办的，人员老化，老师和保育员都是中老年人了，但是离我们家近，一墙之隔，母亲和我接送都很方便。

知道我心软，老公就决定自己去送儿子，虽然带了好吃的东西，提前也做了好多工作，儿子还是一脸不情愿的样子，他从小就怕父亲，也不敢表示反对。我母亲终于还是放心不下，她悄悄地到幼儿园看了看，看到我儿子委屈地抿着小嘴，极力控制着眼泪的样子，很可怜很心疼，就直接把他抱回来了，声称要自己看着，哪怕带着他上班，也自己看，再不舍得送幼儿园了。我老公不愿意就这样放弃既定的计划，就跟母亲说了几句不中听的话，母亲看我也支持送幼儿园，就放手不管了。就这样，头一星期都是老公去送孩子，每天早晨，儿子都会期待地问：妈妈，今天去哪儿？我说上学去，孩子就会情绪低落，我赶紧承诺一些小零食，路上买东西来诱惑他，这方法还有点作用。我中间也跑到幼儿园去偷偷看过，正好遇到一个邻居，原来她是我母亲的密探，母亲怕自己去了被孩子认出来，老师也不乐意，就央求邻居去代为查看，知道孩子并没有哭闹，才放心些。

下午去接儿子时，他一看到我，几乎要蹦起来的样子，老师说：这样的孩子不多，虽然不高兴，但没有哭闹，很听话。有的孩子送来时，能哭一周呢，最少的也得哭两天。我对老师又说了一堆感谢和拜托的话，希望能得到一点特殊照顾。

半年时间，我们还是转了幼儿园，因为儿子越来越害怕去幼儿园，有个老师经常罚孩子关小黑屋，小黑屋是孩子们很害怕的地方。有一天，我儿子被一个小朋友打伤了，但也被关了小黑屋，老师还说了很多足以让孩子害怕的话。儿子睡觉时都睡不安稳，在噩梦中哭醒了。恰巧，这个幼儿园又出现了另一件不太好的事，前后一思量，不敢拿自己的孩子当实验品，我们干脆把孩子转走了，去一个远一点、接送辛苦，却在管理上较好的文化馆幼儿园。

原本很胆小的儿子，表情总是怯怯的，让人心疼，老师再像老虎猛兽一般，他哪里受得了？在新幼儿园里，老师都是年轻和充满活力的，而且很喜欢我儿子，经常逗他玩，儿子开朗了很多，很愿意去上学，也学到了很多知识。在六一儿童节，儿子还演了好多节目，小品、舞蹈、唱歌都有参与，因为长得漂亮，还被男扮女装呢。在舞台上他像小女孩一样舞蹈着，因为站得距离太近了，他旁边小朋友的道具不时打到他脸上，穿着小绿裙子的他，还得经常闭下眼躲开它，那样子可爱极了。

可见成长环境也是不可忽视的，一个活泼、阳光的环境，一种亲和的教育方式，会让孩子受益匪浅。因为孩子还是一张白纸，他们纯洁和幼小的心灵经不得成年人的各种暴力和恐吓。幼儿园是孩子进入社会的第一所学校,择校问题是应该重视的,即使学不到知识,能让孩子平安成长,不伤害幼小的心灵,这样就够了。在幼儿园期间就在孩子心灵上留下阴影,这是很可怕的。

就像一粒种子,需要一片适合的土壤,一个孩子,也需要一个好环境。

第二辑
繁华世界里偷得半日闲

"只是在人群中看了你一眼,再也没能忘掉你容颜……"于人是如此,于地又何尝不是?有些地方,你一眼之间就知道喜欢不喜欢,那种心动的感觉,那种莫名的兴奋,堆积成忘不了的美好……

那份坚持　只因为爱

　　江南水乡，历来是文人墨客最为心怡的地方，虽然我只是普通一员，没有留字题诗的分量，但也少不了到水乡一游的向往。老天眷顾有心人，这个国庆节，竟然让我赚到了，我终于到了乌镇，看到了那个著名的小镇。

　　我去的那个下午，阳光暖洋洋的，没有雨的痕迹，这让我能更清晰地欣赏到小巷的样子，但是没有落雨，总觉得少了些什么。走在那条长长的青石小巷中，被人流推着出来、进去，周围很是嘈杂，两边的店铺和有景点的地方，都是人满为患。林家铺子里，蓝色手工花布制成的商品吸引了很多游人前去询问和购买，晾晒着的各种花布在高高的木架上飘摇，中外游客纷纷手牵花布留影。茅盾先生的故居，一座小小的四合院，典型江南水乡的普通建筑，那人多到里三层外三层的，几次跃跃欲试，也没能走进屋内。

　　沿街的店铺中，人们在争着采购杭白菊、蓝印花、三白酒，还有传统的糕点和各种绣品、纪念品，这些都是乌镇的特产，不带点回去，感觉就白来一趟了。和游客的热情与疯狂相反，小巷两侧的店铺，没有谁客意招徕顾客，不管是开着铺面的，还是隔着小门的，乌镇人家都很悠闲很淡定，在这里讲价成功率极低，因为这些商人仿佛不是为了挣钱似的，游客爱买就买，爱看就看，爱走就走，热情兜售和推销的商家一个没有。在很多景点，当价格谈不拢时，即用转身走人这一招，商家多数会喊你回去，几乎屡试不爽，但在这里，常常是丢了大面子小面子，面子撒了一地，想要的东西还是买不着。如此几次，大家都学乖了，只要看中什么，再不多费口舌，掏钱即可。

　　无论小巷中多么喧闹，乌镇人家只顾着自己在木屋中欣赏自己的电视，做着自己的手工艺品，或是边品着三两口淡茶，边静静地欣赏人来人往。凡尘喧闹中，他们仍然固守着心里的一方净土。在小巷老屋中看到的都是一些老年人，据说年轻人受不了这里的吵闹和外界的诱惑，都去住高楼大厦了，只有这些老人不愿离开，他们大多足不出户，静静地守着自己的那一片家园。据说，他们的房子已被国家征用，但是还有居住在这里的权利。也许是在赔偿方面有些遗留问题，有一户家门口居然写着一个小牌子，意思是侵占了他的家园。世世代代祖居这里的人，深深地恋着这方水土，外面的世界再美再好，都没有自己家的感觉，这份情感是可以理解的。

　　小巷的渡船在平静的水中摇来荡去，若不是吱呀呀的乌篷船摇过，水面都毫无波澜，仿佛沉睡了很多年似的，几乎看不到流动的影子，那种平静一如乌镇人家的淡定表情。戏台那儿的桥是游客集合并喜欢留影的地方，在那里争相上演拍照的好戏，你方唱罢我登台，石桥一刻也不得闲。忽然，有一临水的木窗打开了，有一个男子戴上唱戏的胡子，画得像小丑一样，身着长衫，表情也是挺逗的，看着很滑稽，让人联想到孔乙己的样子。他的出现又引起一波拍摄狂潮,人们纷纷以他为背景,拍下这难得的一幕。他肯定是一个年轻至少是稍为年轻的人吧,要不,怎么会这么幽默和有激情?或许他是客居此地的艺术家?

那条悠长悠长的小巷中,我没有看到那个丁香一样的姑娘,也许因为雨季没来,没有雨的日子,姑娘不会到青石小巷中散步?还是如今的繁华热闹惊扰了她的思绪,她到别处寻找诗意了?

转弯处，风光宜人

以我自己对云南的了解，还是缘于那首歌：大理三月好风光，蝴蝶泉边好梳妆。那是电影《五朵金花》的插曲，大理的美景在影片中已经稍稍领略了，还有电视剧《还珠格格》《天龙八部》中，也有很多大理的场景，在《一米阳光》中也看到了美丽的丽江古城，我所知道的那些地方，都是来源于文学和影视作品。特别是大理，那里少数民族众多，风景美丽，是叫作人间天堂的地方。

睡觉前导游提醒我们，明早六点起床，六点半早餐，七点坐长途汽车去西双版纳。"地陪"在车上开始了她的讲述，几天的行程介绍完，我才知道，这次旅游并没有我心中的几个地方，比如蝴蝶泉，比如丽江，更别说香格里拉了。心中虽有小小失望，毕竟也没来过这些老景点，"老"也许是相对于导游和来过的人说的，对我们，还算新景点吧，这样一想，心里就平衡了许多。

我们住宿的地方据说是在昆明市郊外，所以并没看到昆明市的真面目。"地陪"说不必遗憾，还会回来看石林的。据导游介绍，山东的路和云南的路一个天上，一个地下，没法儿比较的,所以请大家有个心理准备。我们小声取笑,都是从沂蒙山区出来的,还有路是我们没走过的?没过多久,就领略了山路的颠簸与崎岖。

因为在大雾中穿行,我们看不到周围的风景,只隐约看到两边的树林,全是树林,云南的山多,但和沂蒙山有很多不同,我们的山即使山连山,也很有规律,竖看成行,横看成线的。我们常自称山多地少,到云南一看,可真是小巫见大巫了。云南的山密集且无序,只有深深的山洼,鲜有宽阔的平地,因为土地极少,阳光充足,这里的土地一刻也不得闲,单是稻子,一年就种四季,云南的土地真累啊。

等浓雾散开之后,我们才发现,原来是在半山腰中蜿蜒前行的,即使没有雾了,车速依然快不起来。有首歌叫《山路十八弯》,在云南,说它一百八十弯都得翻倍算,几乎每分钟都要转弯的。有位曾在云南工作过的老领导说过,在云南开车,是要专门学习和锻炼过才行的,一般的驾驶员,特别是北方的驾驶员,在云南开不了车。当时还觉得他说得太夸张,没想到,还真是如此。走过一段茶马古道,让我无比地佩服"古人",现在的路都这样,没修路时,他们是怎么行走和经商的?这路整个都是茶马古道,就连所谓的高速路也是双行道,和我们的乡村路差不多。不比不知道,一比吓一跳,这是什么道路?我们都"村村通"了,他们的高速路也仅是平整一些罢了。所以呢,全程速度都是蜗牛似的,就是这样,还不能保证通畅。

云南的山路,真是不敢恭维,虽然我们是在山区长大的人,仍然会感叹一声:云南的山路忒山了!幸好在转弯处,常常有意想不到的美妙风景。

梦中有座美丽的城

长长的暑假就要结束了,对于世博会,我们还没去,但去的人都说人满为患,看一个馆就需要五六个小时,又急又热又累,一天看不了两三个,简直得不偿失。于是我们选择了不是当前最热点的北京。

结婚旅行时,北京是去过的,但是太匆匆,那时没看几个景点,所以一直还遗憾着。向往到北京一游,其实已经有几年了,作为一个中国人,哪能不想去首都看看呢?可孩子小,事多,总之这几年总在嘴上说说,却都未成行。这次我和朋友都下了大决心,哪怕是酷暑当前,也顾不得了,一定要带孩子圆一次北京梦。

2010年8月14日晚六点,天已经黑了,雨时大时小地飘起来,风也来凑趣,我们在大雨中等待从临沂发过来的旅游车。同行的都是到北京旅游的。

早晨醒来,赫然已经是北京城了,天桥区的路牌已经看到多次,德云社也看到了,蓝灰色的顶,因为只是一眼之间,没瞄准是二层还是一层楼。那几天的德云社还处在风云变幻之中,因为郭德纲的大弟子打人一事,全国上下沸沸扬扬,无人不知，无人不晓，所以当导游说那就是德云社时，大家起身去看的人很多，阻挡了我的视线，所以我也就只有一眼之缘，心想等回程时再留心观看吧。

又走过一处院子，外围看似普通，但导游说那就是中南海的院墙，大家都大惊小呼了一回。北京就是不一样，导游随便一开口，就能让我们有不同的感受，没办法，这里是心脏，人杰地灵，聚集了天南海北的名人名家，也是我国的政治中心，更是前朝皇家帝王将相必争和建都之地，一砖一瓦，一草一木，一言半语，都能和历史沾上边，到这样的地方看看，真是不虚此行。

十几年前，我们旅游结婚时来过，那时的天安门、纪念碑、大前门、故宫门口都是人潮涌动，根本找不到可以拍照的地方，所以基本没有一张单人照，全是集体合影。就连王府井大街，也是人海茫茫，我们手拉着手，紧紧的，不是为了亲密，而是因为人太多，稍不留神，就被人潮冲散了。那是我第一次亲眼看到几个外国人，白皮肤、黑皮肤的，和我们黄色人种真是差别很大。北京真是不得了，集聚了全世界的人，众多历史人文景观，吸引了各方来客。这次到北京，外国游客成群结队，数不胜数。这次可让儿子开了眼，虽不是第一次看到外国人，但也是第一次遇到这么多：妈妈，我去和他们说句话行吗？用英语？我鼓励他：去吧，他们都很友好的。他犹豫了半天：算了，我怕我说的英语，他们听不懂。

早饭后，导游就要带我们开始真正的行程了，第一站去看毛主席纪念馆，瞻仰领袖的遗容。我们在广场上排了两个多小时的队，游客真是太多了，队伍前不见头，后不见尾的，把几个小孩子急得真嚷：北京的人真多啊。我只笑不语，怎么会不多，因为在这里，可以圆了大家的皇帝梦、首都梦、奥运梦、好汉梦，能圆这么多梦，何乐而不为呢？

荷花船　摇啊摇

百年不遇的大旱，我们见识到了，所以梓河水水量已经很少了，幸好下了几场雨，河水已经开始慢慢积蓄。雨量多少，对那些野生野长的植物影响不大，无论是河边的水草，还是路边的小树小草，它们已经锻炼得十分坚强，耐寒耐热耐旱，所以多数野草都在疯长着。在几场雨的滋润之后，一些比较娇弱的植物也争先恐后地碧绿茂盛起来，地面整个铺上了绿色的厚地毯。

各种野花也不甘落后，小巧可爱的牵牛花，红色的、粉色的、白色的、蓝色的，都绽开小喇叭状的花朵，它们不甘心被杂草埋没，随着枝蔓攀附在比它高的物体上，努力地找寻最佳落脚点。很多牵牛花不愿匍匐在地，三三两两地爬上路边的小树和较高的野草，虽然稀稀拉拉的，仍然把美丽绽放在了"最高"处。我忽然想起，这花的学名叫"夕颜"，好像在《甄嬛传》中看过，后来查了一下，果然是这个名字。这种花多数夕开朝败，阳光的温度在增加的时候，随着清晨露珠的离去，夕颜花会慢慢合起花瓣，聚成条状，这短暂的美丽也宣告结束了。也许因为已经适应了北方的热度和干旱，我发现夕颜花的寿命也是越来越长了，我们到达荷塘的时候，已经是正午时分，但有几朵蓝色的夕颜花还在奇迹般地绽放着。

夕颜花还叫葫芦花和月光花，我觉得叫月光花更动听和确切些，因为它多半的美丽是绽放在月光下，是月亮的专属花朵。夕颜花是夕开朝败，而荷花恰恰相反，荷花朝开夕败，夕颜花只是一朝一夕的美丽，而这些单瓣荷花却能盛开三五天呢。

朋友们在争相品尝新鲜的莲子，这时一阵微风吹过，有一片荷花慢慢悠悠地落下去，触动了一下荷叶边，又轻轻地落在水上，好像害怕惊醒了谁。因为花瓣的轻柔，在水中都没泛起一点涟漪，水是静止的，花瓣只是很轻微地晃动着，如不仔细盯着，都看不出它的几丝飘摇。白色的花瓣弯弯的，四面翘起，形状像两头尖尖的小船，静静地浮在水上，好一只美丽的"荷花船"。因为荷花船就在水塘边，我伸手就把它拿了起来，放在手心端详着，闻一下，尚有淡淡的清香。看我爱不释手，朋友就建议拍张照片，我顺手将几颗新鲜的莲子放进去，这荷花船便不再静止和空荡，而是一只满载而归、真正的小船了。满载而归的又何止是荷花船，还有我的眼睛和心灵，在荷花的空灵飘逸、清丽脱俗和荷叶的纯净绿海中，自然地剔除了凡俗的杂质杂念，甚至掩盖了那几分未能寻祖的遗憾。

期待下一个夏天来临，因为盛夏才是赏荷的最佳时节，那时花开，要用多少亭亭玉立才可以形容？

露珠跳舞的地方

虽然是已近仲秋的正午，秋老虎还是很有威力，炙热的阳光肆无忌惮地落在我们露出的皮肤上，那种感觉可不是一个热字了得，但是大家仿佛忘记了这份炎热，因为我们的目光全被眼前这片荷塘吸引了。放眼望去，眼前身后，都是绿意盎然的荷塘，白的、红的荷花婀娜多姿，虽然荷塘里只有一小半的荷花还在盛开着，但凡开花的，都绽开灵巧而诗意的花瓣，让人过目不忘。虽然比起众多的荷叶，荷花的数量有点显少，但丝毫不影响它的夺目。荷叶碧绿洁净、高低错落地层层伸展着，托出一朵朵仙子般的荷花。风过处，荷花与荷叶都在轻轻地摆动着，荷花就像一个美丽的领舞者，在一片绿海中独树一帜地亮丽着。

"从来不著水，清静本因心"，这一句所描写的该是艳阳天午后的荷叶吧，我眼前的这些荷叶可真是有些奇特了，几张碧绿的荷叶中心都静坐着大小不一的水珠。这水珠是清晨露水的足迹，像小精灵般在绿叶中间闪亮着、晃动着、舞蹈着，虽然是正午时分，水珠仍或多或少地跳跃在荷叶心尖上，随着叶子的飘摇，在荷叶中心轻轻地滑来荡去，舞姿优美，很是悠然自在。小水珠有小拇指盖大小，大的有两厘米左右，可见清晨时分的露珠也曾热烈地欢聚过，曾在荷叶心上展现过非凡的舞姿。不信你就试一下，若用手去碰一下荷叶，水珠便晃动起来，那是它的舞步在飞扬，但又绝对在安全范围之内，不会流淌出来，水的形状也随着荷叶的活动幅度而不断变化着，"攀荷弄其珠，荡漾不成圆"，大概也不过如此吧。

有位佳人　在水一方

这片荷塘具体有多少亩，我没去测算，单单是从一小段路走去，就已经用了我们一个半小时的时间，这是我所看到的故乡最大的一片荷塘，后来听说大约有五百亩。荷塘就在梓河边上，与河水一坝之隔，虽然今年遇到大旱，河道里的水已经很浅，但仍然在静静地流淌着，茂密的水草也吸引着白鹭等各种飞鸟流连忘返。也许因为游人较多，河边的两只白鹭居然展翅高飞，朝着远处飞去了。

硕大的荷叶在水塘里怒放，有的地方，因为叶子又大又多，显得有些拥挤。水在哪里呢？从荷叶中间才可以看到下面的水，而其实也没看到水，因为整个水面上都是满满的绿，是浮萍还是藻类，细细碎碎、比榆钱还小的绿植，就那么密集地浮在水面上，密不透水。拨开一层层的荷叶，认真寻找，也依然无果，整个水面都被这些小小的绿植铺满了。如果有小木船在荷塘中慢慢摇过，木浆在水面上划出一条绿色的水路，但很快又被那些绿植飘满、覆盖，仿佛是来无影、去无踪的神仙，坐在船上的人该是多么浪漫和惊喜？无论是有情人，还是独自赏荷者，坐在小船上，行在荷叶中，在亭亭玉立的荷花畔做个深呼吸，芬芳的花瓣飘散着淡淡的清香，如果恰好又有月亮在天空偷窥着，这又是怎样的一幅荷塘月色呢？

　　站在繁茂的荷塘边，听着朋友们七嘴八乱地感叹和赞扬着荷花，我却走神了。荷塘建在梓河岸边的坦埠镇下东门村，确切地说，这也是我的家乡，是祖居之地。在很多年前，我们这一支族人迁到岱崮居住，之后就很少回到下东门。不过，我们都不曾忘记下东门，宋家老林地就在这个地方。每次回老家时，如果高庄那条路不通，我们也会路过下东门，看到下东门的站牌，就会感到十分亲切，因为我们的根在这里。

　　"所谓伊人，在水一方"，此刻，又有一对白鹭飞入我的视线，它们在河滩里嬉戏着，时起时落，不亦乐乎。它们一会儿迈着优雅的步伐散步，一会儿又展开翅膀，像小飞机一样盘旋在空中，不知是勘察周围的地形，还是寻找伙伴，不一会儿又降落到水草边，低头寻找着什么，有时也并肩站着，旁若无人地窃窃私语……河水淙淙，绿草萋萋，在这样的画卷里，两只洁白的白鹭起起落落间就多了几分灵动，也增加和丰富了视觉的色彩。两只白鹭上青天是一种自由，两只白鹭徘徊在小河边，又是我们的欣喜，我实在分不清，这两位亲密的"伊人"是不是之前的那两位？但很感谢它们的光临，原本只是一幅静静的水墨画，有了两位"伊人"的加入，整个画面就鲜活起来了。

　　在水一方，两只白鹭正你浓我浓；在水一方，荷塘里的花叶已组成美丽的画卷；在水一方，这里有我的族人、我的故乡……

一棵树的千姿百态

不是第一次看到山东蒙山的云雾,也不是第一次欣赏蒙山的雨景,但这次却与众不同。

我坐着森林冲锋车慢慢地往山上行,因为上山的速度慢,我可以尽情地欣赏到两边的各种树木,我喜欢松树那淡淡的味道,还有细密的松针,因种类不同,松针的形状也各有特色。蒙山上的松树种类很多,可惜我只叫得出马尾松、落叶松和杉松这几种。

雨松。花江雨珠在松针上晶莹剔透着,山风吹过,一滴两滴的雨珠从针尖上滑落,那缓慢的速度足以让人感觉到它的恋恋不舍。有几滴落到我的脸上、胳膊上,凉丝丝的,清爽至极。这种感觉,比雨点直接打到身上,惬意多了。抬头望去,看到很多钻石般美丽的雨珠,它们正在秀气的松针上雀跃着,偶有三两滴落下来,又有十几滴争相站上针尖,所以在松针上,居然一直是那么亮晶晶的。小雨中的松枝,居然这般漂亮,这太让人心动了,它不同于冬季的冰挂,又长又大,在我眼前的松枝上,都是细小、圆润、可爱的小雨珠。我再次抬头看去,绿色的松针上都挂满了晶莹的小雨珠,美丽至极,雨中的松树让人一见难忘。

古来就有一说法，蒙山有"七十场浇花雨"，可见蒙山的云彩有多调皮，它一会儿雨一会儿晴，也不下个通知，忽然间就滴下雨点，这云彩和雨点好像在表演相声：逗你玩。感谢云和雨的这一场完美表演，让我有幸欣赏到美丽的雨松。

不只是雨松，蒙山松在风霜雨雪中都千姿百态、各具风采。

风中的松树。大风刮过，阵阵松涛声声入耳，松枝在风中剧烈地摇摆着，风从细密的松针中吹过，像弹着钢琴的琴键，随着琴键的跳跃，发出高低不同的天籁之音。轻风徐徐时，松枝又在微微地轻歌曼舞，轻柔而美妙。

雾松。在蒙山，雨和雾总是不离不弃的，不知是先有雾，还是先有雨，反正这两者总会你方唱罢我登台，有时也会一起出场。我看过雾中的松树，在雾气氤氲中，松枝犹抱琵琶半遮面，松与雾在缥缈中翩翩起舞，在缠绵中相依相伴，但又绝不久留。不是松雾不留恋，是风儿忌妒心太重，无情地吹散了雾与松，松是想抓住雾的吧？因为它的每根松针中都有雾气轻绕，四季常青的松树最是期待雾气的装扮，有了雾的缥缈，松树会增加了灵气和神秘，可惜山风不解意，总是搅扰雾与松的别样恋曲。

我有时会产生错觉，感觉这雾是从松枝中袅袅升起的，好像是松树呼出的清香气息，让人疑为见到罕见的松雾，青白两色时隐时现，美丽不同凡响。这样诗情画意的仙境，让人顿生几分冲动，我就曾在一次赏雾之后，写过几句感想，题为《雾游蒙山》。只是没有找到存稿，依稀还记得一句"缥缈谁知几重天"，若再重写续写，难免有堆砌之嫌，不如当时触情生情更自然、生动，所以就等下次吧，下次赏雾，一定仿照古人，重作几句诗词。

另一种雾凇也很美丽。一夜寒霜后，清晨时节，不只是松树，所有枯枝败叶都被覆上一层薄薄的霜，胜过美丽晶莹的水晶宫。而松树也一如诗中所述"翠色本宜霜后见"，经过霜打，松树的颜色更加清新、翠绿。

雪松。此雪松非彼雪松，是指雪中的松树。最深入人心的雪松诗句当然要属"大雪压青松，青松挺且直"。可是实地观察，对这两句又有些疑问，真正的大雪压青松时，枝头还是会弯的，因为飘摇是松枝的习惯，而承重并不是它的长项，不过在雪化后，它依然能恢复如初。

北方的寒冬，这时已繁花落尽，显得有些清冷荒凉，野外唯一的亮丽色彩就是青松了。蒙山上不缺少青松，所以冬天的山上也自有一景，白色巨石与片片青松相互辉映，给冬天增添了生机。在高山上有山泉水流淌的地方，因为寒冷而结成了大块的冰，远远看去，像洁白的巨石，让冬天的蒙山多了几分情趣。

小雪飘飘的时候，我认为是最美丽的，每一棵松树都被披上一层雪花，像极了圣诞树，雪花的衬托让青松更可爱、更生动。

若是遇到大雪，蒙山的松树就更是独树一帜了，其他落叶乔木的树叶早已落尽，它们也留不住多少雪花，倒是松树，在严冬中不少一根松针地旷世独立着，这时，更是雪花乐意飘落的最佳归宿。大雪厚厚地挂满枝头，山风一吹，有一些雪花会慢慢飘飞起来，感觉又下起了小雪、美丽的松雪。在雪花半化不化的时候，因为天冷，松枝上会结出大小不一的雾凇，雾凇就是我们俗称的树挂，洁白如银，长短不一的雾凇挂满松树枝头，很壮观很美丽，这是老天送给游客和摄影爱好者的最佳礼物。

　　北方的寒冷，不是几天就能过去的，但蒙山松依然坚强地维持着那一贯的绿色，为严冬增添着生机，"凌风知劲节，负雪见贞心"，对这一评价，蒙山松当仁不让。

那一方净土

在蒙阴县城北边有一座小山名叫高家山,之前很少有人知道它的名字,因为这里原是一片荒山荒坡,不过这两三年时间,山上日新月异,已经与荒字越来越远了,因为这里正在兴建北山植物园,县城唯一的植物园。

在东南坡上,我们看到一条两三米宽的石子路,虽然没有硬化,但也为晨练者或车辆上山提供了方便。西边的小路虽小,留下的脚印最多,这是晨练者最喜欢的一条老路。山腰上已经建成几条青石板或水泥小路纵横其间,而且在不断增加和延伸着。野花野草的天地渐渐淡出我们的视线,一些人工栽培的花草占了上风。这些花草也是慢慢多起来的,初时只有一些普通的蟹子草、天然的苦菜花、脆枝子花等,都是一些寻常花草。后来又有了迎春花、杏花、桃花、连翘花、梨花等,各色花儿组成一片五颜六色的花海。最近发现,居然还有美丽的海棠和杜鹃花呢,海棠的红色浓而不艳,红得恰到好处,不沾一丝俗气,还有那几丛粉紫色的杜鹃花在万花丛中显得别具一格,我细想了一下,也许是粉紫色的花朵比较稀少的缘故,杜鹃花才更加夺目。

不只是花草，树木也在占据一方领地，高大的青松就是其中一种，还有些叫不出名字的树。别以为有了这些人工的花草，野生植物就真的沉默了，荠菜、苦菜、甜菜、薄薄丁、艾蒿等遍地都是，它们也不示弱，纷纷在春风中争相亮相，在春色满园中当仁不让地争一分亮丽。随之增加的还有各种健身器材，我最喜欢荡秋千，每每坐上去，轻轻地摇来荡去，总会记起好多幸福的童年往事。

因为我们都是在清晨上山，所以从来没见到园丁们辛苦和忙碌的身影，只是看到不断变化着的花草树木，好像眼前这些都是上天赐予的奇迹一般。今天又开了什么花，明天又种了什么树，这些变化经常让我们惊奇和赞叹。就这样，在这种悄悄的变化中，在我们的欣赏和见证中，植物园诞生了。

山城终于有了自己的植物园，这在当地还是史无前例的。在植物园内，呼吸着清新的空气，锻炼一下身体，换一个环境，换一种愉悦的心情，何乐而不为呢？如果你不信，那请在每个清晨"窥探"吧，那三三两两的队伍中一定有你的熟人；如果不信，那请到山上来吧，在这里登高望远，可以看到山城的全貌，即使只欣赏身边的风景，你也会有很多收获。城中的灰尘和污染，在这小山上被净化了，被净化的不仅是这里的空气，连同人们的心灵也得到净化，变得安静和淡然，如同出世般洁净和轻松。在喧嚣中寻得一方安静，能修身养性，能宁静以致远，这才是真正的民生工程，这种造福百姓的项目，多多益善。

站在山顶，看到大路小路上都是上山下山的人，看到这晨练的队伍越来越壮观，就像这园中的植物，在不断地增加着，昂扬地生长着。因为大家都知道，在山顶上散步的感觉最好，轻快的步伐，愉快的心情，新鲜的空气，轻柔的小风，不认识的人也亲切地行个注目礼，相熟的就打个招呼，虽然都是些今天你早了、我晚了的话，可在这温暖的问候中，一天的好心情便从小山上开始了。

在森林中穿行

那次我们忙里偷闲,在蒙山的木游道上享受了一下绿荫道,穿行在绿色的森林中,幽静、清凉,恍如天外之境。我们在蒙山脚下时,空气和热度还是盛夏,而山上居然有些许初秋的凉意,在太阳瞪大眼睛,意图烤热每一片土地的时候,若不是亲身感受,断不会相信能有这样的惬意。

我还欣赏到了蝉海齐鸣,那些小家伙只闻其声,不见其影,只听到漫山遍野全是歌声,但闻鸣蝉声,林深不知处。它们在练习大合唱,又像在PK声音的洪亮,高中低音,美声、通俗、民族唱法,同时轰鸣着,和声也唱得让歌唱家汗颜,蒙山的蝉能唱几十个声部,声部虽多,又互不相扰,都在自己的调上。游人路过,无不驻足倾听和感叹。我想留住这美妙的一刻,就用手机录音,可惜录不出百分之一的效果。

晚上,客人们在会馆外面一边吃烧烤、喝啤酒,一边聊着天,或是欣赏着电影,也有人选择了远离纷扰,在月光下的森林中漫步。夜色深沉,繁星寥寥,月亮清高地沉默着,而山风最是善解人意,凉爽适宜地飘着,偶尔带着点点松香,这天然的"空调"直抵人心,伴着星光月光随我们静静穿行。

山上不被打扰的夜晚，显得特别深邃和神秘，远山幽深，松涛寂寂，除了会馆中，除了天上的星星和月亮，四周一片暗黑。鸟们蝉们兽们都休息了，山上安静至极。若是奢望一点，在会馆的前面，在月亮之下，有一人轻抚古筝，另一人悠扬吹箫，共谱一曲高山流水；又或者只有婉转忧伤的单曲演奏，让人感叹着知音难觅……此情此景，让"松风吹解带，山月照弹琴"的美妙意境重现。弹奏者与倾听者各自感怀，看山不是山，看水不是水，音符起起落落间，已然给静谧的夜色涂上一抹浪漫和诗意。

蒙山是山东省第二座高山，高度仅次于泰山，是天然氧吧的避暑胜地，特别在盛夏，不由得人不流连忘返。最近一次到蒙阴蒙山，是和朋友相约而行，我们是奔森林冲锋车来的，这是新上的项目，自然要体验一下。在下山排队时，一个朋友说和坐过山车差不多，工作人员连忙解释：没那么刺激。但我的腿和胳膊都吓软了，另一朋友更夸张，脸色也变了，直到冲锋车停下来，她才敢睁眼。山风呼呼而过，冲锋车在轨道上风驰电掣着。我还好，一路大呼小叫，每到拐弯的惊险处，就大声地呼喊着，释放自己的恐惧，另外几位女士也相差无几，所到之处都是"听取蛙声一片"，谁也想不到维持风度了。我们的叫声从惊恐惊讶，慢慢演变成有些惊喜了，刚刚适应过来，已经到了目的地。男士们的表现倒很雷同，个个都兴奋着，感觉意犹未尽。

穿行在森林中，是一种浪漫；飞行在森林中，像一种探险。不管是哪种行走，在森林中，都会收到最美好的礼物：清凉。

鼎汤初沸有朋来

中国人喝茶历史悠久，衍生出的文化也不是三言两语就能道尽，"青灯耿窗户，设茗听雪落""扫来竹叶烹茶叶，劈碎松根煮菜根"，悠闲与浪漫都可见一斑，不只是这样的茶诗，茶歌茶舞茶艺也应有尽有。博大精深的茶道更是由来已久，而我最感兴趣的还是南北茶文化的差异。

到南方旅游，每到一地，最寻常的一件事便是品茶，一边品茶，一边欣赏优雅的茶艺表演。从精致茶具到讲究的洗茶、煮茶，无不赏心悦目，煮茶者淡定从容，我们也静静地品着清香的新茶，更觉得满口余香、回味悠长，就连那别具一格的茶宠都让人浮想联翩。南方有嘉木，多地盛产名茶，在触手可及的环境中，茶在当地的价格不高，天时地利人和，南方品茶者居多也就不奇怪了。

在北方，除了富商约谈事项或有钱人专门去高级茶室品茶，文人墨客偶尔也会去附庸风雅。大多数人还是选择在饭后或酒后，作为一种消遣而去品茶，坐进普通茶馆就算是奢侈了，从南方运来的名茶，经过几次辗转后，此时大多价格不菲，寻常人是不敢问津的。也有一些人干脆约亲友到家中品茶，清静自在。

我偶尔也会去茶馆，品茶的经历至今难忘。初进茶馆，我们都会轻声细语，这是必须的，进了雅间，就成了雅士，喝茶又是很雅致的一种休闲，自然要有别于酒宴上的豪放，从动作到声音都会收敛。雅间的布置仿照南方的茶馆，仿古的木制桌椅，茶具和茶叶的摆设，都和南方一般，给人一种淡雅宁静的感觉。倾听着清静的音乐，端着小巧的杯子，品着三两口香茗，欣赏着小姑娘的茶艺表演，大家音量适中地清谈着，从茶到与茶无关的话题，都是刚刚好的状态。这就很有些南方人品茶的样子了。

不过，这样的状态没有保持多久，其间，不知是谁讲了一个小笑话，让大家哄堂大笑，这是一个分界点，从这开始，所有的矜持毁于一旦，喝茶不再讲究，咕咚一下一饮而尽，高声催着做茶艺表演的小姑娘：倒茶。这一声招呼，和喊着"倒酒"的气势不差毫厘，小姑娘还是那样浅浅地笑着，这样的景象于她，早已司空见惯，她就生于斯，长于斯，对北方人的性格了如指掌。以后的喧哗和笑声就像崩溃了的河流，大家尽情地说笑，大口地喝着茶，完全忘记了一个品字，忘记了维持一个雅字，大家无拘无束地畅谈着，说者尽兴，听者开心，茶也喝得很痛快，只是忙坏了小姑娘，她要不停地续水煮茶。隔壁雅间里也不时传来一阵阵笑声，这间和那间，都是五十步笑百步呢。

等茶尽人散，有人忽然说起：应该在这里安静地品茶，好像有些跑题了？大家恍然大悟，于是相约下次再来好好品茶，专门来品茶。至于下次，下下次，还是下下下次，也终不能像南方人那样安静地品工夫茶。这就是南茶北饮最典型的一幕了。

唐人在《封氏闻见记》中曾这样记载：茶，南人好饮之，北人初不多饮……可见南方的茶文化发展史远远早于我们。南方人把茶升华到艺术高度，和茶有关的东西莫不讲究，品茶的过程就是一种浪漫和优雅的享受。"谷雨乍过茶事好，鼎汤初沸有朋来"，不知文征明的座上宾是哪几位江南才子？在香茗的氤氲中，既有意境，又清心明目，他们的才华横溢是否与茶有关？

如今，我们北方也有越来越多的茶客崇尚茶文化，各种茶馆茶室也日益多了起来，但多数人还是将茶还原了它的本质，爽口和解渴。在南方，称品茶或饮茶，在北方，我们叫喝茶，一个喝字，彰显出了北方人的粗犷、豪爽，也缺少了些南方人的精致细腻。南方和北方在茶文化上还有差异，不过，有一点是相通的，在喝茶的过程中，都收获了快乐和满足。

梧桐花开清香自来

对于我的嫁妆问题，在我还很小的时候，姥娘和姥爷就在计划着，在小锅屋后面栽了两棵小梧桐树，他们等着梧桐长成材，给我打制作陪嫁的家具。但计划不如变化快，还不到我出嫁的时候，我就要转到城里上学，等不到梧桐树成材做我的嫁妆了，姥娘姥爷满是伤感地这样重复着。一百多里地的路程，我说回来就回来了，我这样安慰他们，但是他们还是悄悄地叹息着，我当时还以为他们真是害怕梧桐树派不上用场了。

记忆中，我的周围从不缺乏梧桐树。小时候还很不懂事，不知"梧桐更兼细雨，到黄昏，点点滴滴"的惆怅，也不知"满阶梧桐月明中"，但却很喜欢"广叶结青阴，繁花连素色"的梧桐树。喜欢梧桐树的花，粉紫色的花，像风铃一样的小铃铛，密密麻麻地围在一起，像绣球花那样一簇一簇的，俗话说叫一嘟噜一嘟噜的，因为花多，又在枝头，常会无风自摇，别有一种风韵。现在，看过很多书后，我更喜欢梧桐了，它不仅有神秘的传说，也有很多浪漫诗意和美好寓意，虽然有关的诗词大多是伤感之类的，却让我过目不忘。成材的梧桐粗壮、高大，有的高达十几米，甚至二三十米，它的树干十分端庄正直，风干的梧桐木板十分轻快，也利于携带和搬运，很适合做家具。

关于梧桐还有很多说法，"家有梧桐树，不怕招不来金凤凰"，这话可不是瞎说，还颇有些出处呢。宋代邹博曾在《见闻录》中这样说：梧桐百鸟不敢栖，止避凤凰也。凤凰是百鸟之首，是传说中的神鸟，它能落脚的梧桐，自然是十分吉祥和有灵气的地方。这也是人们喜欢梧桐木做嫁妆的一个原因，希望结婚的新人吉祥如意。中国古代四大名琴之一的"焦尾琴"，就是以梧桐木制作的，梧桐还代表着爱情的坚贞"梧桐相待老"等等。

在确定我去城里上学之后，姥爷还是砍掉了一棵粗壮的梧桐树，因为他要准备我的行李箱，虽然我说不要，城里有父母，父母也这样说，城里有柜子。姥娘姥爷好像听不懂这话，还是执意打制，也就任由他们了。姥爷精选出最好的梧桐木板，亲自扛到木匠家里，不几天工夫，他就喜滋滋地背回一个半米多高、一米长的木箱回来，亮丽的黄色飘着新鲜的油漆味，那颜色也是当时流行的黄色。姥爷一边打量着木箱一边自言自语：要是结婚用的话，就会漆成枣红色，红色更好看。

我结婚的时候，是从城里出嫁的，那时已经流行组合家具了，姥爷曾弱弱地问过我：娃，你还要梧桐木的家具不？板子都解好、晾干了，在堂屋里放着呢。我的回答当然是不要。我真恨自己，当时为什么说得那么干脆，这个回答对姥娘姥爷该是多么复杂？不过，我还是带上了他们给我打制的梧桐木的箱子，从离开老家直到现在，箱子一直在我身边。也许因为长大，也许因为距离，我已经深深体会到姥爷的感觉，懂得他说那句"枣红色更好看"的意思。

在搬新家时，老公要扔掉这个黄色的木箱，因为它的颜色与我家的新家具不协调，我还是坚持保留下来了，因为我知道，这是姥娘姥爷陪送的"嫁妆"。到这时才懂得，我对梧桐的深厚感情，不仅仅因为梧桐树和花，也不仅仅因为那些诗词和传说，最重要的是，梧桐里有一份化不开、忘不掉的亲情。

晨雾中的蚊子草

寻找蚊子草，几年前就曾说过，但一直未能成行。这几日家中的客人多，进出门口也多，所以蚊子也多。客人来了，我们热情欢迎，蚊子来了，着实让人纠结，听到小飞机一样的嗡嗡声，让人不敢睡觉，再让它叮上一两口，在又痒又气的状态下，更是无从入梦。

开灯，睁大眼睛寻找"罪犯"，但多数时候是失败了，这些小蚊子实在太精明了，基本不会出现在人的视线之内。当然也有一种例外，如果它吃饱了、喝足了，飞也飞不动了，会就近趴在墙上，这就给我提供了一个"报仇雪恨"的机会，这时不需要很高的灭蚊技术，就可以将其打死。痛快的一下之后，马上又进入下一个纠结，被蚊子抽出的人血，这时会洒在墙上、床头上，总之都需要及时整理，不小心就会污染了洁净的墙面，真是得不偿失。这样折腾一次，下半夜的美梦也基本受到影响了。所以我家特别需要蚊子草这样的东西。

在客人进门前，我开始是用六神花露水的，喷在门上，聊胜过无，作用起了一点点，但客人也抗议了，这什么味？最可气的是，人是熏着了，蚊子没事，不知怎么又进来闹事了，半夜睡得正熟时，它又开始嗡嗡起来，不喝到人血不罢休。蚊子这家伙，可是个不折不扣的食血动物！

打了灭蚊药，也只管个两三天，因为我家门的开关率高，进出人多，根本避免不了蚊子的光临。为了让蚊子不再喜欢我们家，我决定试试姥娘姥爷常用的蚊子草。

蚊子草大多匍匐在地面上，或缠绕在草丛中，在荒山的山坡里、路边上都有，但是蚊子草很细小，叶子也稀稀拉拉的，不显眼，如果不弯下腰来仔细寻找，很难找到它。其他的拉拉秧、茅草、野茄子、黄草、狐狸草、艾蒿、酸枣、马齿苋（马扎子菜）、面条菜、曲曲菜、刺儿菜、灰菜、婆婆丁（小苦菜）、野生地（狗奶子科）、老公银（蛇床子）各种植物，都是往胖和高里长的，就连牛皮草、翻白草，也是高出地面几厘米，只有蚊子草痴恋泥土，以最近的距离和地面接近着。在杂草的下面才可以发现它，这种寻找可真是需要耐心和眼力了。

上山的半路上，看到一个老太太背了一大包蚊子草，都编成粗辫子状的，一大根一大根的，看起来已经半干了，正是好用的时候。我差点就放弃了自己采蚊子草的打算，想买她一根，但老公没有这意思，我也没好意思说出这想法。

牵牛花盛开了，红的、蓝的、粉的，它们高低错落地争奇斗艳着。我们却顾不上欣赏这些美景，四只眼睛寻着地上的草找去，那一根一根的蚊子草，在我们刻意地搜寻下，终于纷纷亮相。这儿摘一把，那儿摘几根，很快就装满了一袋子，有的露水还在上面，湿漉漉的。

回家把蚊子草晾在阳台上，不待它晾干，我就赶紧为它们编辫子，一个多小时之后，几根蚊子草绳就顺利完成了。晒干后，在夜色来临时，燃起一些，香味好闻又清淡，比药物清香多了，那蚊子也果然知趣，得知我家有"法宝"，再不敢光临了。

难怪老家的人都喜欢采集蚊子草，这法子还真是又环保又实用。都说高手在民间，这话还真有道理呢。

军刀，又见军刀

第二天起床时已经七点多了，匆匆吃过上海的早餐，就"被购物"去了。虽然是被购物，但人满为患，我们一群人只好在草坪上等待。草坪上满是不知名的小草，那种小草长得特别，枝叶都稀稀落落的，我随手采了一根，做了简单的手链，又找了根短的做成草戒指，我都戴在手上自得其乐。儿子笑我臭美，并多次伸手抢夺，在几番真真假假的较量中，我终于还是败下阵来，戒指被他抓破了。我那气急败坏的样子和儿子胜利者的得意表情，全被一旁的老公偷拍下来。回家一看，那是儿子在这段旅程中笑得最灿烂的几张相片，虽然他把我的手都抓痛了，看来还是痛有所值。

我们这个团队终于能进到展览室内，导购员又开始了讲解，还是军刀还是菜刀之类的，之前出去旅游都买过了，这次当然不会上当，我提醒几个同行者，传授了半天防忽悠术，几人都说坚决不买，虽然质量没问题，但价格太高也不适合买的。在听了看了导购员的表演之后，勾起了很多人的购买欲望，几个朋友也将我的话抛在脑后，还是买了不少东西，就连我老公也买了一个高价刮胡刀，我的思想工作算是白做了。

我就奇怪了，为什么所有旅游景点都卖军刀呢，是不是这种买卖利润特大？作为一个游客，真希望带点新鲜的与众不同的纪念品回家，我们出来一次也不容易，买点东西无可厚非，但必须得有特色，有纪念意义。记得我第一次到南方旅游时，也是每到一处购物点都疯狂采购，直到拿不动为止。我最喜欢那些有特色的小巧纪念品，食品之类的都是买给亲人的。在前几次的旅游中，我也买了菜刀、削皮刀、水果刀、指甲刀，不只自己用，也有送人的，都是属于刀具一类的，奇怪，怎么竟然在不知不觉中也买了不少呢？原来我此时练就的不动心、不动手的拒刀功夫，也不是一日之功。

　　对于军刀的宣传，第一次还真挺有兴趣的，在厦门的时候，导购员讲了当地和台湾的一些故事，这里也不宜细说，总的意思是，那些刀具都是用军队使用的炮弹皮和导弹皮制作的，质量杠杠的，全天下最好的刀就在这里了，能不买吗？那次我买得最多，回家后高兴地送给亲友，连同那些故事一起奉送。谁想，后来到桂林等地旅游，又见了军刀，虽说法有些差别，但东西是一样一样的。如今看到别人疯狂购买时，我仿佛看到自己以前的影子。以后在旅游途中再见到售卖军刀时，我就不去阻止了，虽然价格高高的，但质量也不错，买东西的人高兴就好，不是有句话吗，有钱难买愿意，一个愿打一个愿挨，公平！

　　再出去旅行时，还会见到军刀吧？虽然我不买，但听听那些故事，也很有意思。也得理解商家，人家为了卖出商品，要编出很多靠谱或听起来靠谱的故事，又绞尽脑汁，又博古引今的，容易吗？这样天长地久地讲解下去，渐渐深入人心，野史也有转正的希望。鲁迅都说"走的人多了，也就成了路"，照此类推：说的人多了就成了史，可能，很可能，一切皆有可能。

你的声音很美妙

整个假期，半个夏天，都是喧闹缤纷的，楼前是小广场，大人小孩争相去玩那些体育设施，楼后更是孩子们的联欢乐园，小男孩小女孩们的尖叫声、嬉笑声、争辩声，声声入耳。二十三点之前，这些声音才会由大渐小，最后归于平静。两个月的暑假就是这样度过的，孩子们的假期，大人们的"烦期"，很多大人都盼着他们快点开学，让楼前楼后趋于安静。

九月一日之后，大小学生都渐次开学了，小学生要做作业，初中生还要上补习班，不到晚上十一点回不了家，高中生一回家就要吃饭，补足在食堂里缺乏的营养，还要洗涮，有时还要做作业，再顽皮的孩子在这样的紧箍咒中也会无暇玩耍了。楼前楼后真的安静了，完全成了大人的天地，吵架的孩子、争斗的孩子、乖巧的孩子，都不在我们眼前、耳边晃悠。忽然觉得冷清多了，那些小鸟一样的女孩，小老虎一样的男孩，没有他们跑来晃去的，竟然觉得少了不少话题和乐趣。即使谈起孩子们的事，也不再生动和有趣了似的。于是我们都说，等放了寒假就热闹了。瞧，大人们是多么矛盾啊？闹了嫌烦，静了又觉得冷清，又开始怀念那些天真无邪的美妙声音，人啊，还真是无药可救了。

　　看来什么事情都能成为习惯，一旦习惯了，也就接受了，认为理所当然了。一旦习惯了，也就熟视无睹了，即使是一些不好的事情，只要习惯了，就能容忍或听之任之。没办法，谁让我们习惯了呢？值得庆幸的是，我们的习惯总是在不断更新、变化着，真希望那些不太好的习惯也能慢慢减少着、消失着。

道不同爱相同

关于品茶，可追溯的渊源就不是三言两语了。"自从陆羽生人间，人间相约事春茶"，这短短几个字，精确地概括了陆羽所撰《茶经》的影响，在这之后，无论东西南北，世人才广泛得知这茶的许多奥妙，才知茶起源何处，知道茶具、煮茶、饮茶的各种讲究等等，从此，文人墨客纷沓而来，茶道文化也越加盛行，小山村也不例外。

夏日当空，小山村的空气也变得十分闷热，但蝉不怕，它们藏身在树叶间，时唱时停地哼着那首永远不变的曲子。在院子外面的梧桐树下，一个八旬老者正在慢慢地喝茶，脸上不时露出悠然自得的满足，这是难得的农闲时刻，锄头斜倚在树干上，很明显是刚锄草回来。老者那副十分享受的神情，犹如品尝了世间稀有的名茶一般。在乡间品茶的农人，大致是这样一种状态。

其实，饮茶不必非得读《茶经》，在山野村夫中也有一些好茶之人，比如我姥爷。他不知道"南方有嘉木"，也不知用泉水江水还是井水煮茶，哪个最好，更不知茶源自于神农氏，但姥爷独爱茶，更喜欢在夏日的梧桐树下喝茶。硕大的梧桐叶子搭成天然的凉棚，山风徐徐而过，风过处，茶碗中的大叶茶芳香四溢，喝一口也是余香悠长，喝习惯了大叶茶，连第一口茶的苦涩也觉得香甜了。一边看着青山绿树，听着鸟语蝉鸣，一边喝着清香的大叶茶，这样的品茶感觉十分惬意。

  姥爷品茶，有一点是与众不同的。多数人都爱饭后一壶茶，姥爷却喜欢在早饭前喝茶。每天清晨，姥爷都早早地去地里干活，晌午时分才打道回家，这时的他显然有些劳累了，但只要喝上一壶茶，马上就精神抖擞了。他还自有一番道理，饭可以不吃，茶不能不喝；人可以缺饭，不可以缺茶。姥爷喝的茶是几元钱一斤的大叶子茶，用的茶壶茶碗也都是极粗笨的便宜货，但在他眼里，这可都是宝贝，能让他消暑解乏和神清气爽。姥爷喝茶，每次都喝到没有颜色和香味了，才舍得倒掉。他还喜欢一边喝茶一边吧嗒吧嗒抽几口旱烟，那满足的表情能赛过神仙，谁能相信他所品尝的不是香茗、只是寻常的"粗茶"呢？虽然姥爷大字不识，也讲不出什么茶道，但他用最朴素的方式品尝和印证了"茶茗久服，令人有力悦志"的真谛。

开在心中的桃花

听朋友说过，山东沂水县泉庄有座桃花山，我虽向往，却未曾得见。这次机缘巧合，行程中刚好路过桃花山。

从崔家峪拐进山路，七转八弯后，远远地看到了纪王崮，今天是艳阳天，光线极好，山顶上有一段未被林木隐蔽的木游道，此时已经游人如织。我们沿山路前行，车忽然拐进了一条小道，宽度仅容一车经过，探身看路边的牌子，上写"桃花涧"三字。桃花涧？仿佛在哪里听过、看过？苦思冥想，也终究未得要领，只感觉它是个很诗意的名字。放眼望去，漫山遍野的桃树，高低错落，千姿百态地静立着。

我来得不巧，此时已是芳菲尽的四月天，美丽飘逸的桃花在让众人为之惊艳，又收获了无数诗词歌赋之后，还是悄然退场了。桃花满载盛誉，或安然踏入红尘，或与清泉做伴，谱写一曲桃花泉恋歌，由此酿成了芬芳四溢、浪漫诗意的桃花酒。早就听闻沂水有此好酒，只是闻名不如见面，想到不久将看到桃花酒的真面目，自然是非常期盼。连我这样滴酒不沾的人，都对桃花酒生出浓厚的兴趣，那几个酒民恐怕早就垂涎欲滴了。

桃枝与车窗擦身而过，细小的枝叶不时轻刮着玻璃，若是有花有果的季节，就能伸手可及，坐在车上就能摘到鲜桃，这种感觉真是美不胜收。其实这里也是采摘园，到采摘节的时候，可以随意摘取品尝。这比孙大圣偷桃容易多了，他想吃个桃子，还需费一番心神和功夫，与我们相比，齐天大圣的幸福指数也寥寥无几。

说实话，我的家乡岱崮也有许多桃树，但树形与眼前的这些，还很有差别。家乡的桃树都是一种形状，所有枝干都向四处下垂，桃树都比较低矮，便于给花授粉和采摘。相比之下，泉庄的桃树长得比较随意和散漫，树形也多种多样。我在多地赏过桃花，但都在半山腰或山下观看，眼前的桃花山，却能站得高，看得远，视野广阔，可以俯瞰四周，将各处的灿烂桃花尽收眼底。

我们的车随着山势蜿蜒慢行，此处空气清新，幽静雅致，从车上观看，漫山遍野的绿色桃林一览无余。若是桃花怒放时，自然是来赏花，像我们，专门来赏桃树和望树兴叹者，却也别具一格。因为想象无极限，因了距离和想象，反而给这片未曾会面的桃花增加了更多美感和诗意。其实，想象的妙处也不是今天独有，前人早就实践过，连杜甫先生都"翠华想象空山里"，瞧，这不是心有灵犀了吗？

不知觉间，已经看到"桃花山"石刻，三个红色的大字鲜艳、醒目，紧接着"蓦然回首"景点也呈现眼前，我不由自主地回过头去，此刻，桃花涧与桃花山正与我们渐行渐远，还有那些隐藏在桃林中的山泉。桃花涧？我在心里重复着、思索着，我终于想起来了："涧里春泉响，种桃泉上头。烂红纷委地,未肯出山流。"进山时的疑惑,在即将离开时却豁然开朗了。感谢桃花山的浪漫,感谢桃花的灵气,终于让我茅塞顿开,不谦虚地说,还萌生了几分诗意,梦想着堆砌一首桃花诗,若真如此,也不枉从桃花山上走一回了。

落花如雨

我曾见过樱花雨，那些已经鲜艳明媚多时的樱花，艳丽虽然依旧，但神采还是渐渐消失。风过处，那飘飘落下的樱花花瓣，纷纷扬扬地翻舞着，它们极其缓慢地飘然落下，好像在留恋停在空中的美妙感觉。不过多久，地上就已经是樱花毯了。密密麻麻的花瓣静静地落在地上，满是野草的地上变得红绿相间，色彩对比明显。有的花瓣还在无声无息地装扮着灰色的水泥地面，在清洁工还没有打扫过的地上，艳丽如霞。

前段时间看到武汉大学的"樱花雨"，那是人为的人工雨，破坏了花开花落的自然规律，好不可惜。其实这种场景，我在楼下也是见识过的。那天清晨，我一下楼就看到厚厚的樱花铺满地上，感觉十分奇怪，是昨晚睡得太沉吗？居然没听到狂风路过的声音？再往前看去，我发现了"狂风"的出处，原来是清洁工人在拼命摇晃樱花树枝，随着她的用力摇晃，原来还盛开的花朵也经不住外力的攻击，纷纷扬扬地落下了很多。我赶紧上前询问："这花开得多好？让它多开几天吧。"

清洁工十分不情愿地解释："早晚是要落下的，不如一起扫干净了！"

"还是自然地落下比较好！其实这些落花也是一道风景，不扫也没关系，这也不算垃圾。"我凭自己的理解跟她争论着。

清洁工脸上有些讪讪的，但还是停下了摇晃树枝的动作。

人工落花是被我制止了，但是这个清洁工很长时间都没给我好脸色，大概她还没有想通吧！樱花又何辜？原本就难逃"昨来风雨偏相厄，谁向人天诉此哀"的无奈，我们又怎能忍心去人为地缩短它的花期？

今年的樱花，我感觉开得特别晚，特别慢，南方的樱花都落了，本地的杏花也落了，桃花也盛开了，樱花还在犹抱琵琶半遮面呢。我以前记得是桃花比樱花开得晚，今年注意了一下，居然不是。

今天清晨，细雨缠绵不断，隔窗看去，楼下的樱花才刚缓缓盛开呢。雨中的万年青焕然一新地展现着清新颜色，经过一冬的寒冷和风雪，万年青的叶子都精神抖擞地新绿着，比年前黯然的绿色亮丽了很多。现在又经过春雨的洗礼，颜色更是鲜亮。在万年青的上方便是盛开的樱花了。樱花刚刚盛开，花朵才刚刚绽放，绿色的小叶子也似隐似现，如果樱花开满枝头，就只会看到满满的花朵，看不到绿叶了。

我查了一下，原来我家楼下的樱花属于晚樱，所以花期会晚，学名叫关山樱，花朵繁密，花瓣是鲜艳的粉红色。此刻，雨点细细密密地落在花瓣上，花朵随风轻轻摇曳，沾了雨水的樱花更加灵动、艳丽，这才是真正的樱花雨。

不管花开花落，还是云卷云舒，只要是自然的，就是美丽的！

人间相约事春茶

一切东西在野生野长、自生自灭的时候，都是平等的，茶是如此，人也一样。人在最初的原始社会，还是平等的，之后就分三六九等了。其他东西也不例外，沾了人气，被人左右之后，所有东西都有了等级，茶也不例外，所以才有苏轼的"茶、上茶、上好茶"的不同礼遇，也可看出茶在待客礼节中的重要性。"自从陆羽生人间，人间相约事春茶"，陆羽的《茶经》问世后，茶文化更是大行其道，不仅仅是中国，还影响了很多国家，比如日本、韩国等。

但是也有不太看重茶的人，比如曹操。虽然在电影《赤壁》中也多次出现茶的场面，曹操甚至说：小乔，我最欣赏你的茶艺了；还有煮茶的场面以及"杯茶释兵权"的好戏等，但这些到底都是后人的演绎。我自己私下以为，曹操并不是十分懂茶的，虽然他精酒道、善诗赋、懂计谋，对茶还是疏忽的，否则怎么会有煮酒论英雄的精彩？曹操看走眼，大概是煮错了东西，酒是乱性之物，喝多了或喝不巧，很容易让人头昏脑涨，产生错觉，所以他在酒后就看不出刘备有多少英雄的气度和志向。如果曹操把酒换成茶，茶是让人清醒的，如果在品茶中谈古论今，曹操保持着清醒的头脑、具有清醒的判断力，会早日认清刘备，如果那样，大概三国分立的局势成立不了，或是早就被改写了。

曹操也算见多识广，为什么那时的他忽略了茶的妙用，这倒真是一个谜。"其饮醒酒，令人不眠"这八个字道出茶的功效：提神、清醒，曹操会客时弃茶用酒，刘备的表演功夫又一流，所以就更探不出真假了。没办法，曹操没有读过《茶经》，如果要责怪的话，他得恨自己出生得太早了，谁让他和陆羽先生差着好几个朝代呢。

虽说曹操怀有未煮茶论英雄的遗憾，又有茶酒不分家的说法，但对男人来说，多数人还是好酒胜过好茶。好酒之人有史可查，大概从《史记》开始，就有了酒人之说，古代把饮酒之人叫"酒人"，这个名称来自于"荆轲虽游于酒人乎，然其为人沈深好书"这两句。现在不怎么叫酒人，叫酒民和酒鬼者居多。著名的"杯酒释兵权"，又是一出历史大戏。

酒后打架斗殴、寻衅滋事者不乏其人，少则失态，多则生出多种事故。因茶生事的，还真是极少！这就是茶的好处与妙处了！

陆树声《茶寮记》中分人品、茶侣等七类，人品就是人与茶品要相得益彰，茶侣是指文人墨客或超凡脱俗的隐士、散人。说俗气一点，好的茶要与对的人喝，才能品出乐趣来，所以才有"溪上茗芽因客煮"的佳句。弹琴要知音，品茶也需要知音，同样是爱茶懂茶的人，品茗时才有共同的快乐，才能相谈甚欢。有的人十分好茶，爱好到何种程度，用一句诗就可以知其一二，"一日无茶则滞，三日无茶则病"，可见所述之人该是多么好茶爱茶？！于他而言，茶已入髓入心了。

综上所述，品茶的人很重要，环境也很有讲究。弘旴"松窗听雪烹茶"，这种意境就太美了，在大地披上银装的时候，青松被洁白的雪花装扮着，似隐似现的青色显得十分亮丽。坐在草房中，欣赏着窗外的景色，此时雪花静静地飘着，万物也像归于宁静，唯一的声音就是炉塘中的火，不时发出大小适中的清脆响声。斟一杯香茗，热气氤氲成淡淡的雾气慢慢地萦绕着，柔和的茶雾和着淡淡的清香，品一口茶，看一眼窗外，即使没有知音相伴，这天地赠送的美景和独特的静谧，都是难得的稀世茶侣。这是冬天品茶的场景，若是在夏天，邀上好友三两个，坐在阴凉的松树下，听着远处溪水似有若无的响声，幽静的氛围很是惬意。轻风过处，夹杂着淡淡的松香，再品着一杯上好的新茶，有一句没一句地闲聊着，不管什么话题，都是刚刚好的状态，悠闲、散漫地谈天说地，平心静气地品着香茗，这不就是一幅美丽的《松荫斗茶图》吗？这可真真是"慕煞此间无俗事，青松荫里斗新茶"了。静谧深幽的品茶氛围，闲适、雅致散漫，让人平心静气、回味无穷。

烟雨江山美如画

采风活动地点选在桂林，我们刚下飞机，就遇到了一场不大不小的雨，鞋子被雨水浸湿了，心情也潮湿了，这次旅程不会天天下雨吧？或多或少地，大家都有了些担心。幸好酒店的床还算好，被褥也洁净干爽，提着的心总算可以小小地放下一些。

清晨推窗一看，雨更大了。在北方的十一月份已不是雨季，可在多雨的南方，这是极正常的。没穿一双防水的鞋子，真是我最大的失败。总算准备了雨伞，还可保护上半身的干爽。雨滴仿佛在逗我们玩儿，时大时小，时停时歇，有时带了伞，太阳却露出了笑脸；有时伞放车上了，结果却成了落汤鸡。桂林的雨太自由、太调皮了，毫无章法可循，我们这群北方人不得不成为它的手下败将。

如此雨势，游漓江还能看到什么？南方的天比小孩子的脸还多变，我们千里迢迢地来了，如果只看到漓江一角的风景，岂不是太遗憾了？

清晨赶往码头时，雾遮半天，露出的那半边也是厚厚的乌云，仿佛雨滴随时都可落下的样子，我们的心情都有些沉重和失望了。都说"桂林山水甲天下"，我们还能看到吗？导游安慰我们，说这里并不是精华段，再过一会儿，雾可能就散去了，美景还在后边呢。我们看不到两岸的风景，只看到四周如云如烟地缥缈着，船在雾和水中静静地穿行，人也如梦般地恍惚着。就这样慢慢地漂在江上，大约过了半个小时，天渐明朗起来，两岸的云雾渐渐散开，一座两座清秀美丽的山峰终于露出了峰顶，那是山吗？看惯了高山的我们无不啧啧称奇，它们虽然拔地而起，却小巧玲珑，姿态万千，高低起伏，相互辉映，就连在漓江中的倒影都让人过目不忘。置身于如此仙境中，真想拥有一支画笔，从任何一个地方着笔，都能画下最美丽的线条；仿佛任何一个握有画笔的人，都能绘成一幅前所未有的山水画。在云雾的环绕中，山峰更多了诗意和妩媚，大家争相拍照，舍不得漏掉每一处目所能及的风景。

淡雾渐渐散尽，我们才真正领略到什么是层峦叠嶂，小山峰一座连一座，根本看不到山的尽头。江边的凤尾竹也婀娜多姿，偶尔遇到小渔船和几只鱼鹰，才把疑为在仙境中的我们拉回到现实中。唯一美中不足的，是漓江的水再也不静不清了，游艇你来我往，游客蜂拥而至，早就打破了漓江的清静。近处的水看似平常，但远方的山水与蓝天自然地组成一幅图画时，仍然让人们沉醉其中，如梦似幻。

我们在漓江这幅真实的山水画中走了一回，只觉得眼不够用、相机反应迟钝，不能收尽所有的美景。等回到酒店中一看，大家不约而同地拍了很多风景照，与山水合影的事倒成了次要的。走过很多地方，都把景点当作合影的背景，特别是女游客，无不抢着做主角，以便留下美丽的倩影，唯独这一回，大家都心甘情愿地做了漓江山水的配角。没办法，沉醉其中的我们，都到了忘我的境界，谁还想着给人照相呢？

仙花在寒冬绽放

清晨,一睁眼便到了七点,人和某些动物一样,一到冬天就懒惰起来,虽不是冬眠,却也类似于那种慵懒。不知别人怎样,我就是这种懒虫之一。

今天很特别,一眼之间,就发现了橱窗的不同,玻璃上已经结了厚厚的冰花,自由美丽的花枝花瓣,无规则地铺满了玻璃窗,这一窗窗花洁白剔透,别有一番风韵。因为看到了霜花的美丽,连感叹外面的寒冷都忘记了。我特地叫起了老公,让他拍下这美丽的画面,但他说拍不出来,反光,看他不积极,我自己赶紧拿相机照了几张,效果真不太好,远没有眼睛看到的窗花那般真实、绚丽。

景致再好,还要回归俗事。时间不等人,今天不是周末,还要按时上班呢,于是匆匆忙忙地忙碌起来。不想吃方便面,虽然这是最省时间的,还是下面条吧,这是我们千篇一律的早餐,不知为什么,老公极爱吃这一口。凉水在炉子上渐渐升温,热气缓缓升起,透过锅盖,丝丝缕缕地飘出来,不一会儿,水沸腾了,我赶紧将面条下锅,看到热气四溢,我有点担心了,不由自主地看了一眼窗花,它的面积明显已经缩小了点，这点热气的温度已经可以融化它了。

吃完饭，收拾好东西，准备出门的时候，我忽然想起了那些窗花，不知还在不在？细看了一会儿，发现它们正在无声地变化着，原先细细的冰丝，千丝万缕地纠结在一起，组成各种图案，可是现在的图案，已经只剩下那些厚的冰花了，那些温柔细小如银丝般的冰丝已经不见了。在老公的催促下，我赶紧往外走。

坐上车，才发现车窗上也全是厚厚的霜花，不过车上的霜花有点凌乱，感觉杂乱无章，远没有橱窗上的漂亮。

冬青上的霜花也很是美丽，虽然是薄薄的一层，却无处不在，连里面那些深藏不露的枝叶也染上白色，就如似隐若现的白雾一般。诗人说"霜叶红于二月花"，眼前这景色，给人的惊艳程度丝毫不逊于二月花。

中午下班回家，第一件事就是去看牵挂了半天的霜花，不知道它们还有没有踪迹，细看了半天，好像早晨的景色是一场梦，因为眼前的玻璃窗上，透明如昨，完全看不出有奇妙的风景光临过。幸好，我和老公看到了它们，感叹和喜欢着它们，即使时间不长，也有人证明着，这些精灵般的小生命，它们真实地来过这个世界，它们曾经绽放得绚烂多彩。

在霜花的来来去去中，寒冬以它独特的方式绽放了，在今天的清晨，也许你没留意，但我知道，霜花来过，美丽来过。古人钟情于"蒹葭苍苍，白露为霜"，而我却更喜欢这一窗的霜花，有仙气有灵气，晶莹亮丽，过目不忘。

偷得浮生半日闲

因为在潍坊的第一夜没睡好,儿子第二天又闹肚子又感冒的,幸好吃药及时,白天又补了个觉,才稍好些。虽然感冒,但精神状态很好,还在宾馆练吉他,复习功课,还和同学一起在网上预订了去烟台的火车票。

我和老公找来找去,找了一家小宾馆,门口流动的字幕上打着有80元的低价房,一进去询问,老板就说没有了,其实最低也是138元的。我们先看了80元的房间,就是一个洗手间改的,味道不好,而且只有一张小床。狠了狠心,我们还是住了138元的,不管行不行,至少里面还有台破电脑。那电脑比586要强一点,几分钟可以打开一个网页,看一会儿电视,再来看电脑,一点都不耽误,有时目光转回来太快,网页还没打开一半,慢得出奇。实在忍无可忍,老公给它重装了一次系统,速度终于比蚂蚁强了些。

宾馆的两床薄被子也太单薄了,又太短,连我们的脚都盖不过来,如果是高个子客人,也就能盖到膝盖吧。那床也很小,我们得斜躺在上面,才能让脚也放在床上,这家老板也太抠门了,是不是专为儿童开的宾馆?这天气温恰好是零下六摄氏度，这一夜翻来覆去，冻得我们醒了好几次，简直是花钱买罪受。没办法，艺考期间，这附近的宾馆早就客满，就是这样的待遇，来晚了还住不上呢。隔壁都是来参加考试的学生，叽喳了半夜，那墙就像纸糊的，他们轻声说话，我们都能听得到，更别说一会儿笑、一会儿闹了。隔音效果这么差，简直让人咋舌。

为了不给孩子压力，不让他有负担，我们谎说是借了他的光，专门请假来旅游的，如果有事，就叫我们，我们就在附近转悠。如果不需要我们，我们就旅游，两不误。儿子不知是半信半疑，还是信以为真，总之没有深究我们贸然赶来之事。

不考试的这天，儿子的计划有很多，当然这计划中没我们什么事，所以我们就去附近转了转，这样就更能圆了那个"旅游"的谎言。老公问我想去哪里，我的首选就是杨家埠，我曾经买过一些他们的年画邮票，所以很想去发源地看一眼。人生地不熟这话，还真是烦人，我们想买张地图，都找不到地方，想起报名的路上有人售卖，老公就把车停在远处，自己步行去买。富华游乐中心这边，还是有很多人来来回回，比昨天还要多些，这是一批新学校报名的时间了，所以又涌来另一批考生。过了二十多分钟，老公终于拿回一张地图，从地图上看十笏园好像更近些。我们计划了一下，还是先去找杨家埠。

因为这地方近，我们就没用导航仪，靠着地图去寻找，从图上明明看到已经到了寒亭区这个地方，但是却看不到"杨家埠"三个字。好不容易看到了，却是杨家埠社区办公室，不过里面有一套老房子，陈旧而古老，我们拍了几张照片，岁月依稀在门窗的斑驳中若隐若现，曾经的繁华热闹与此刻的荒凉冷清相较，让人生出几多感慨。

这里的新农村建设很美丽，房子都是统一的仿古建筑，连大门的颜色都相差无几，看起来好像又增加了一道风景。转来转去，没有看到地图上标注的"杨家埠民间艺术大观园"，正准备回去，老公说别走回头路，从前面转回去。没走几十米，杨家埠民间艺术大观园几个字赫然在目，真是众里寻它千百度，却得来全不费工夫。因为高兴，一念之间，就把这不沾边的两句给雅俗混搭了。

春节刚过，天气很冷，这里的游人还是稀少的。我们拍了几张相片，再往里走时，忽然闪出一个工作人员索要门票，问了下价格，我们不约而同地转身去买纪念品了。前次来潍坊，风筝已经买过，所以我们的主要目标还是年画，我买了四张春夏秋冬，图案简捷、喜庆，色泽浓妆淡抹都相宜，民俗味十足，兼具雅俗共赏的特点，所以，我一眼就相中了这几张。店里其他的工艺品也是琳琅满目，风筝、年画、木刻、贴画、布艺等等，各有特色，每一件拿起来，都不想放下，如果不是囊中羞涩，定会多带回一些纪念品。我们走出很远了，老公又开始后悔，没多买些年画，我让他回去，他又不肯了。因为急着回去看儿子的备考状态，我们就没在这边多停留。

还好，这一刻的偷闲，也让我们不虚此行。

一步之遥

在云南的第三天清早，晨雾四处缥缈着，增添了几分神秘和美丽，那感觉像是置身仙境中，不过我也有点担心，怕在雾气中看不到磨憨小镇的全貌。晨雾还没散去的意思，我们已经到了磨憨小镇，小镇其实并不小，大大的"中国磨憨"四个金字，已经表明了这个小镇的重要性和特殊地位，这里是出境口。磨憨是我国通往老挝唯一的国家级陆路口岸，是通向东南亚最便捷的陆路通道，也是澜沧江—湄公河次区域合作的主体通道之一。经老挝向东可进入越南，向南可到达柬埔寨、马来西亚，向西可到泰国、缅甸，可见其地理位置的重要性。

或许是知道了我们这一路中与导游的不愉快，当地旅行社又专门为我们派出一个优秀导游，导游是个美丽的小姑娘，她是傣族姑娘，长得清秀可人，特别是那一脸的笑容，真诚可爱，她的出现，让我们对导游的印象有了一百八十度的转变。首先，她请示领导，临时加了一个小景点，到磨憨出境口看一下，因为她要给我们办理出境的手续、协调关系，需要多等一段时间，但大家十分高兴，从这个门口走出去，仅仅是一步之遥，就是另一个国家老挝，对于出国，多数人还是第一次呢！

虽然和导游闹了矛盾，听了些不三不四的话，但因祸得福，因此得到一个出国机会，真是太值得了！大家虽没明说，但期待和兴奋从眼神中就可见一斑。导游终于办好了临时出境手续，边防警察又一个一个地检查了我们的身份证，就允许我们在界碑处留影并停留半个小时了。一过了出境口，大家就大声小声地祝贺着、欢呼着：出国了！出国了！

　　界碑建在山与山之间的一条公路上，界碑的另一面，也就是老挝的国土上，此时停放了很多公共汽车，还有一个大牌子：中国公民严禁进入博弈场所，大约是这个意思，记不全了。界碑的一面刻着"中国"，我们争着在这里留影，不知谁提醒了一下：界碑的那一面就是老挝了，怎么不到国外照张相啊。一语惊醒梦中人，有人赶紧请示陪着我们的那名边防警察：可以吗？他笑着点了点头。他是全程陪着我们的，怕我们越界还是偷渡？反正这是他的工作，有他在，我们也有了安全感。得到警察的肯定后，大家蜂拥到刻着"老挝"的那一面疯狂拍摄，对面不远处有些老挝人，他们奇怪地看着我们。有人拉上边防警察合影，他有些不好意思，但还是答应了，于是每个人都争着和他拍照，他都微笑着配合，第一次走出国境的我们，请边防警察做了我们特殊的拍摄背景。

　　傣族导游带着我们出了国，虽然是短暂的，只限于在界碑处停留，我们还是感激不尽，这在本来的行程中是没有的，因为这个意外的收获，大家的情绪都高涨起来。坐在通往西双版纳的汽车上，兴奋的心情还久久不能平静。

　　昆明的"地陪"生硬地告诉我们：今晚的演出是自费的，若是谁不看的话，就没有饭吃。被破坏了情绪的我们，不约而同地全都说不看，坚决不看。

因为昆明的"地陪"强迫我们看自费演出，气氛一下子又僵住了，傣族导游赶紧出来圆场：她开玩笑的，看不看都会吃得很好，放心吧。不过，她话锋一转，你们这么远来一次也不容易，演出是很有傣族特色的，如果以前没来过，很值得一看，这是我个人意见，你们可以自由选择，不着急，晚饭后告诉我结果就行。要是看节目呢，就去，不看的话，就直接回客房休息，今晚没有别的项目了。

我们说考虑一下，实际上已经被她说动心了。同样的事情，同样的目的，不同的话语和态度就有不一样的结果。我统计了一下想看节目的人数，只有两人不去。傣族导游还是那样温暖地微笑着，脸上是宠辱不惊、见怪不怪的表情。那个一直很强势、很敌对的昆明导游见状，不敢再开尊口，黑着脸暗自生气。两个导游之间，又岂是一个界碑的距离？即使没有明说，大家心中都有一杆秤！

远望处浮尘迷蒙

山东蒙阴县岱崮镇的茶局峪,这个村名我自小就熟悉,那是姥娘的娘家,很小的时候,她就带我去走亲戚。我家在板崮山下,离茶局峪还有十几里山路,在獐子崮下的山洼里,有一条看不出路的小路,那就是我们的必经之地。

站在我姥娘家,就能看到两座崮,左边玉泉崮,右边是石人崮。

小时候,听亲戚多次说起,有一座好玩的山,但一直没机会去看。前年春天,小草刚刚返青的时候,我们一行人终于登上了石人崮。

很多年不来这个村子了,那些草房子、小土路都不复存在,都被红瓦房和水泥路所代替,我都找不到亲戚家的方向了,听别人介绍,我才看出一星半点。我熟悉的舅姥爷早就不在人世,老房子也不见了,看着陌生的一切,一时间让人感慨万千。

从山下望去,几个高低不同的石人在崮顶耸立着,此崮也因此而得名。这些像人的石头都是天然形成的,姿态也各不相同,有点像昆明的石林。顺着崎岖、陡峭的山路上行,我们终于近距离地看到了石人崮。石人林立，这是它和寻常山崮的差别，但更奇异之处，还是另外一处景观。

在崮顶一侧，有一处天然的石佛，石佛与崮顶融为一体，但脸部清晰可见，看得出眼睛、鼻子、嘴、耳朵，最传神的还是石佛栩栩如生的表情。

俗话常说不看僧面看佛面，我们此刻，就真的欣赏到了罕见的佛面，佛面形象逼真，让观者叹为观止。石佛是集天地之精华，纳万物之灵气，自然天成的。你看她，眼皮微合，似看非看，一副要普度众生的大爱情怀，脸上也是慈眉善目，没人怀疑她能海纳百川。在佛像面前，人会自然地剔除世间烦忧，清心静欲。石佛的淡定非同一般，那些红尘俗事，战争纷乱，岁月的风化、尘埃的纷扰，世俗的目光，都不能动摇她一分一毫。

不远处有一个牧羊的老者，我们过去问他，这石佛有多久了？他说他爷爷那一辈人也不知道，大概有这山时就有这佛了。据我们猜想，石人崮形成的时候，这佛面就同时存在了。

石佛眼中的这一方人，都善良、勇敢、乐观，所以日寇等顽敌在团结的沂蒙山人面前，只能一败涂地。谁笑到最后，谁才笑得最好，不信，就看石佛的表情，她平静地微笑着，仿佛从没有过战火纷飞。如今的红尘烦忧也是不计其数，要不要学习点石佛的悟性？什么纷争、钱财，最后都得尘归尘，土归土。经过了多少春夏秋冬、物换星移、沧海桑田，石佛还是这样静静的，眼睛似睁非睁地看着山下，是沉思还是参佛，我们俗人看不透。闭上眼睛，仔细倾听，石佛好像在认真吟诵着："菩提本无树，明镜亦非台。本来无一物，何处惹尘埃。"

聆听天籁之音

午餐后，我们坐汽车直奔码头，等导游拿到票后，又乘船赶往鼓浪屿。鼓浪屿的原名叫圆沙洲、圆洲仔，因海西南有海蚀洞受浪潮冲击，声如擂鼓，因而得名。由于历史原因，中外风格各异的建筑物在此地被完好地汇集、保留，据说有"万国博览建筑"之称。

从远处看去，鼓浪屿真是一个小岛，四周环水，各色建筑物在树丛间此起彼伏。一踏上小岛，就感觉到空气的清新、湿润，岛上美丽安静，路边有很多花草，都很随意地放着，那些在我们这里需要精心呵护的花草，在他们那里却俯拾皆是。那些名目繁多的高大树木都自成一景，有凤凰树、榕树，还有种叫什么桐的，其他的就更不知其名了，大家见到每棵大树都要狂拍一番，这些树在我们那里都是非常罕见的。鼓浪屿对建筑物保存完善，这是知道的，没想到，就连这树木都能保留上百年，真是爱心可嘉，有一棵最长寿的老榕树已经500多岁了，大树盘根错节，每根枝叶都能落地生根，这种树真是够怪的。

有个男歌手在路边倾情演出，不管游人驻足与否，他都唱得那么投入，我们几人以为他是卖唱的，就扔下几个零钱。导游告诉我们，他们都是选拔出来的演员，专门在这里表演的，有工资可拿。果然，后来又遇到一个自弹自唱的，歌唱水平都不一般。他们的存在大约是为了更好地衬托"音乐之乡"的美称吧，有的地方，一直播放着那首经典的"鼓浪屿之歌"，歌声悦耳，音量适度，抒情优美，与这里的风光相得益彰。

我们参观了日本、美国、德国等领事馆，岛上有二十多个建筑风格不同的万国建筑群，我们大约看过了一半吧，各国的建筑艺术在这里一一展现，各有风采，却又绝不雷同。我们在好几个领事馆前留影纪念，把建筑物当作风景来欣赏，这也是独一无二的。

这片小岛是音乐的沃土，不仅人才辈出，钢琴拥有密度居全国之冠，又得美名"钢琴之岛""音乐之乡"，所以我们先参观了钢琴博物馆。在优美的钢琴曲中，我们欣赏着一台台名贵、古老又精致的钢琴，播放的那首钢琴曲非常耳熟，却又一时想不起名字来，乐曲就像是从眼前这钢琴中缓缓流出的，悠扬又有点忧伤，我们在这里放慢了脚步，都想多接受一点音乐的熏陶。后来，我们又去菽庄花园、日光岩等景点。我很期待能听到鼓浪屿上的海浪声，那是真正的"鼓浪屿之歌"，但天不佑人，竟无耳福，因为那天风平浪静。

浪漫之约

2009年的国庆节与众不同,因为中秋也在其中,再加上周末的调整,总共有八天的假期,真不知道是兴奋呢还是无聊。传说中的甲流感似乎越来越近了,但60年国庆大典的喜庆似乎冲淡了这些恐惧,从电视上看,各大旅游景点还是很火爆,看来,这仍是一个黄金周。

朋友说想组团去苏杭旅游,老公动了心思,但因为值班,不好应允。谁想当天的工作非常顺利,下午已略有空闲时间,于是出游之心又蠢蠢欲动了——西湖,人间天堂,那是我们全家向往已久的地方,尤其是我,仿佛和西湖有什么多年的浪漫之约,莫名地激动和渴望着。

两天的行程有点紧张,但价格还是适中的,于是我们三人随团踏上了南下的旅程。出发时已是18点多了,车一路走走停停,我们半醒半睡,只有月亮格外精神,刚过了八月十五,十六的月亮格外圆满明亮,它忠诚地随着我们悄悄地走。路边的水草、房屋都清晰可见,月亮的陪伴,多了很多话题,也赶走了许多漫长旅途的寂寞。不知不觉间已经到了南京长江大桥,听同行者的议论,我立刻精神起来,这可不能错过,也先后叫起了老公和孩子，可是等走近了才知道，原来是长江三桥，和想象中的样子还有些距离，但感觉还是兴奋的，我们！此刻！正走在长江之上呢！一车的人醒了多半，声调都兴奋得高了些，看看南京的夜色，想象着这里的美丽富饶，都为不能在此地驻留而深感遗憾了。

不久又行到安徽境内，看到太湖的路牌时，天色已然昏暗下来，只有月亮周围的云彩还是亮的，月亮也犹抱琵琶半遮面，似隐似现，越是临近杭州，云朵越是厚重，乌压压的，似乎马上就要滴下雨来。南方的雨，我曾领教过，不下通知，说来就来，雨点大小、时间长短，都毫无道理可言，所以我们都是备好雨伞的，虽然天气预报说无雨，但天有不测风云，大家共同选择了以防万一。

经过十二个小时的颠簸，我们终于吃上了杭州的早餐，四小盘咸菜、一大盆稀饭、鸡蛋、小蒸包，一人一个，馒头多些，但也小而软。我在这里特地用了小字，因为北方人已经吃惯了又大又结实的馒头，眼前的这些，不可谓不小，即使一口一个，也不知能不能果腹。结果却出人意料，这些疑问和担心很快就被打消了，坐了一夜的车，劳累的、胃胀的、在车上吃过几次零食的，大家的食欲都已经寥寥无几，所以这第一站的早餐竟然还剩余了。一般来说，北方人到南方吃饭，催着多上几次饭的现象很常见，今天这种情况，对于厨师也算是一个小小的打击吧，他肯定要怀疑自己的手艺了。

饭后一刻也不得闲，我们趁早赶到第一站：西湖。那个叫人间天堂的地方，早有耳闻，书画与影视中都曾看过，但总不如自己亲眼看到、感受到。在西湖门口最先看到了苏东坡，老先生傲然独立，不管游人如何蜂拥合影，他静静地眺望远方，超然物外。这一刻我明白了，我最想看到的人便是老先生。

白娘子与许仙的故事早就深入人心，旧塔倒掉，人们庆幸白娘子得救，有情人终成眷属，即使重新修建的雷峰塔，即使塔下没有白娘子了，这里也还是千古爱情的见证，依然魅力无限。所以游人在塔前逗留的时间较长。虽然不过七点光景，游人早已如织了，照个相都很难抢到镜头，若想照个单人照，那真是痴人说梦。大家都抢着和雷峰塔合影，旁边的导游还催得紧，也不管镜头里谁是主角了，也忘记导游说不要把塔拍在人头上方的提示了，大家咔咔地拍着，连拍摄效果都顾不上看一眼，就匆匆追赶前面的大部队。因为导游的旗子太多，旅游团太多，稍一走神，就找不到自己的团队了。

在游艇上还算轻松些，因为限制了人数，大家都可以看到周围的景观，雷峰塔、老蒋的别墅、楼外楼、断桥、三潭印月……天空虽然灰蒙蒙的，但西湖的水还是碧绿的，偶有小鱼在湖边自由嬉戏，它们过惯了这样的生活，对人，已经完全不再顾忌。

观鱼池边的金鱼更是多不胜数，有的已经胖得游不动了，大的有四五斤重，一副笨笨的样子，导游说，因为游人喂了太多鱼食，就长成现在的样子了。

走过了漫长苏堤，又看到东坡先生傲然独立，不管游人如何蜂拥喧闹，他仍静静地眺望远方。先生那淡然从容的表情，仿佛穿越千年风尘，仿佛看破未来与过去，又仿佛，正推敲一首新的千古佳句……

歌者不寂寞

到达黄浦江码头时，已经是晚上九点多了，导游征求我们的意见，去吃饭还是看"夜上海"，到吃饭的地点还要一个多小时，若先吃了，再赶回来，就是不遇到交通堵塞，肯定也看不上夜景了。虽然都是散客，但大家的意见还挺一致的，也许是被大上海征服了吧，都同意看上海夜景，我们出来不是为了吃饭，看风景才是第一位的。于是大家在路边摊上买了点小吃，匆匆果腹一下。

在码头等待检票的时候，看到很多外国友人，三三两两的，成队成排的，各种肤色都有，要不是耳边常听到中国话，还真怀疑自己到了国外。上海不愧是个国际大都市，总是能吸引世界各地的目光。

我们坐的观光游艇是两层的，一层有座位，但不是观看风景的最佳位置，所以大家不约而同地跑到二层去，在这里观看，四周风景一览无余。黄浦江两岸的高楼大厦都亮着五彩缤纷的灯光，灯光倒映在江水里，随着水波浮动、摇曳，仿佛水中有无限宝藏般，让人生出许多联想。才上船几分钟，我的目光便再也看不到水里，因为两边的美景实在太震撼了，每一座高楼都是一处美景，精致的设计在灯光的衬托下更显得美丽、别致，夸高楼用美丽一词不妥当，这是一般情况下的，若在上海，用一个美丽还不止呢。在灯光辉煌中，一座座大厦呈现在眼前，建筑风格各不相同，中国的、外国的、中西合璧的；灯光的颜色也绝不雷同，色彩多到不能用七彩形容，无论闪烁的、流动的还是静止的灯光，都是迷人绚丽的。我们一群人不断地惊呼着、惊喜着、惊叹着，都说这一百元门票花得太值了。

眼睛和心灵都被震撼之余，手里自然也不闲着，不管相机能不能拍出效果，大家都不停地拍着，生怕错过了这些美景。回程的时候，我到一层坐了一会儿，一个姑娘在唱着美妙的英文歌曲，歌罢，只有我们几个观众在鼓掌，因为夜上海太吸引人了，游客的目光都被高度集中到夜景上了。小姑娘微笑着冲我鞠了一躬，我对她鼓励地笑了笑，在这里唱歌是她的工作，有没有人鼓掌，有没有人观看，她都要唱的。我心里有点不忍，她该是寂寞的歌者吧，在这么热闹繁华的地方，任何人都显得渺小了，这不是她的错。

一个小时的时间转眼就过去了，大家还没从美景的震撼中清醒过来呢，游艇已经靠岸，我们不得不下船了。这时才感觉到，眼睛有些累了，因为太努力去睁大眼睛，拟将所有美景尽收眼底，几乎连眨眼都要省略了，眼睛能不累吗？

坐上客车，又走了一个多小时的路，子夜一点光景，我们终于可以躺在酒店的床上睡觉了，是因为玩得高兴，还是床铺真的舒服，反正这一觉睡得很美。我是没做梦，据不可靠估计，那些做梦的游客，肯定做了美丽的梦，那是夜上海的序曲。在这样的夜晚，那位歌者会寂寞吗？她的收获一定比我们多得多。

穿越蓝天白云

桂林之旅即将结束，因为时间不多，不能看遍桂林的山山水水，总觉得错过了很多景致似的。马上就要坐飞机离开这个诗情画意的地方了，心里还真有些恋恋不舍，唯一可欣慰的是，本次回程可以在白天坐飞机。

前几次坐飞机，全是在夜间起飞和降落，所以连飞机场的样子都看不真切，高空之中更是弦窗紧闭，连拉一下窗帘的动作都不用，因为外面一片漆黑，我们一直在黑暗中穿行，有什么可看的？能看到什么呢？坐了几回飞机，没有一次在高空俯瞰大地的机会，真是万分遗憾。大家在出行时的飞机上已经再次感慨过了，虽然旅程中写有白天乘机而返的说明，可飞机太喜欢延迟起飞了，晚几个小时都不在话下，所以对观看蓝天白云都没抱多大的希望。起飞时间是下午两点多，若是延迟个一两次，黄昏昏黄，夜色将近，估计还能看个月光吧。

坐在候机室里，心里还是平静的，当空姐按时让我们检票时，不紧张，这次真不紧张，就有点兴奋和期待。蓝天白云，这次再也不会错过了。

因为心情过于激动，连紧张都未感觉到。我的座位靠近弦窗，一位朋友知道我晕机又恐高，就提出与我换座位，被我毫不犹豫地拒绝了。若在从前，都是我主动跟别人换座，可这次不同，蓝天白云的魅力远远大过了恐惧。因为高兴，飞机起飞时的震荡都减轻了似的，这是我晕机最轻微的一次。

  飞机在低空飞行时，我们看到了广西十万大山的壮观，再见了桂林，能不能下次再见还是未知数，不过，留有期待也是极好的。飞机在几次拉升之后，飞行渐趋平稳，这时我看到了蓝天，我看到的该是天外天吧？此刻蓝天上没有一丝云彩，蓝得那么纯净。我从没见过这样美丽的蓝天！高远又纯净无瑕，那蓝色恰到好处，多看几眼，仿佛就能把人的灵魂涤荡干净。我从没见过这样美丽的白云！那云彩一朵朵，一片片，像盛开的棉花，洁白如雪，白云在我们脚下，在我们身边轻轻地缥缈着，很温柔很诗意很浪漫。我们就在这样美丽的蓝天与白云间穿行，头可顶蓝天，手可摘白云，那种感觉很美好、很兴奋。特别是飞机在白云中穿梭而过的时候，感觉到人间天上的差别，天上的仙境与奇妙怎是人间能比的？若有个把美女在白云间翩翩起舞，云雾缭绕，那情景肯定无与伦比。我在惊叹和欢呼的同时，没忘记拍下这美丽的景色，虽然每次往下看都会眼晕一会儿，但仍挡不住我拍照的决心，我用相机把蓝天收藏了，把白云"摘"下来了。我的眼睛和心灵都享受了一次饕餮盛宴，那些不靠窗坐的人，脖子都伸得跟长颈鹿一样，能多看一眼是一眼。又有个朋友提醒我：小宋，你不是晕机吗，咱换换座位吧。他刚说完，自己就笑了，这司马昭之心也太明显了，惹来大家一阵笑声。我也恍然大悟，原来大家都心怡着蓝天白云，都想一睹为快呢。因为起身张望次数太多，这时已经有些晕机的感觉了，所以老老实实地坐着，不敢多看了。这样的状态已经很好了，远远超过我的预期。

　　看来，恐高症还真是一种心理作用，当心理上的恐惧被战胜时，多高都不恐了！在蓝天与白云间穿行，那美妙和神奇的感觉，还有机会再体验吧？

我的姑苏我的城

按导游的行程安排，午饭是到苏州用的，即将从上海离开的我们，都互相提醒着：再看一眼，真的是最后一眼了。被大上海的繁华和辉煌夜景震撼过的我们，仿佛还没有缓过神来似的，很有些恋恋不舍。

到苏州的这一路上，感觉什么都渺小了似的，我们的眼光还被上海的高楼林立感染着。没办法，虽然到过一些城市，但远没有像上海这样，楼高且各不相同，在上海当设计师，肯定是香饽饽，建筑风格不管是中式的西式的还是中西合璧的，反正都是与众不同的，每一座楼房都是一处美景，都值得我们为它侧目和驻足。

在半途中，我们看到了一则大型广告：上面一行是吸烟有害健康，下面一行：为国家多做贡献。左边竖着某名牌烟的名字。这广告真有意思，创意者太有才了，凡是看到此广告的人，保证下辈子也会在梦中笑醒了。

临近苏州城，远远地就看到了中国的比萨斜塔：虎丘塔，倾斜度用目测就一目了然，即使如此，它仍然傲然挺立。现代琳琅满目的建筑物越来越多，可寿命却越来越短了，眼看着漂亮的新楼矗立,却轰一下就倒塌了,就像孩子们在沙滩上堆的玩具楼般,转瞬即逝,比起虎丘塔,怎不让人汗颜呢?

我们的第一站是参观狮子林,苏州的园林在书上、影视中都略略看过,但真正置身其中,才知古人的精湛技艺的确空前绝后,那些门窗上的木刻图案、花鸟鱼虫,经过了几百年的风风雨雨,竟然还如此鲜活生动,至于那些亭廊假山就更巧妙更美丽了。

让我们最心驰神往的地方还是寒山寺,不管大人还是孩子,即使懵懂的儿童也知道一两句"姑苏城外寒山寺,夜半钟声到客船"。在寺外的路上,就非常拥挤了,寺院外墙上有很多题诗,自然也少不了张继那首著名的《枫桥夜泊》,未进寺门,先闻钟声,悠远、宁静,天籁一般在耳边和心中回荡着,仿佛穿越了千年的历史和沧桑,愈加神秘和苍凉。最让我震撼的不是寺庙、塑像,而是满满一院子的《枫桥夜泊》,字体飘逸的、刚劲的,文静的、狂野的,各种书法在这里集汇,大家用同一首诗向前人致意,表达自己的所感所想,具体有多少题诗,我没细数,但我记忆中的墙上,都刻有这首诗。

寺外的枫桥也是必去之地,相传这里就是诗人诗兴大发的地方,诗人的脚步曾千百次地穿越过,这样的地方怎能错过?石桥,弯弯的,并没有多少与众不同,但枫桥二字还是吸引了所有游客,纷纷与之合影留念,仿佛这样就与诗人相近,沾了诗人的仙气与才气似的。

坐上返程的车,一游客忽然叫起来:呀,相机不见了,好像刚才吃饭的时候还有呢?导游立即让司机停车,他陪着游客一路小跑着去了,我们在一里之外等待,大家纷纷猜测,结果可能会是失望，中午吃饭时间离现在已经过去几小时了，吃饭的游客也该有好几波了，找到？有点玄。十几分钟过去，那位丢失相机的人居然乐呵呵地跑了回来，苏州人，真是好样的，相机失而复得，一车人都轻松地笑了起来，由此，对当地人的好感又增加了几个百分点。而我自己，对姑苏城和姑苏人的好感已然爆棚：姑苏城里，好山好水好人家；寒山寺外，好船好桥诗天下。

一扇门的魅力

去厦门,这是我第一次坐飞机。上次有机会坐飞机去海南,但因怕晕又恐高,只能割舍了。正如朋友所说,那次不去,可能再没有去的机会了,真是一语成谶。

决定去厦门之前,也是前思后想、左思右想了很久,最后,对金门的向往还是战胜了心理上的恐惧,能近距离地看一下宝岛台湾,这样的机会千载难逢,怎么能错过呢?

在济南飞机场,从办理那些繁杂的手续开始,我的心就跳得慌起来了,通过安检,等候检票的时候,有朋友偷偷给我拍了照片,那表情又紧张又难过,飞机恐惧症表露无遗。一听要检票,我感觉呼吸都要困难了,好像衣领一下缩紧了好多,连着松了好几次,还是感觉喘不上气似的,心也感觉不到跳动了,那一刻,只觉得浑身燥热。坐上飞机,系上安全带,心一下到了嗓子眼,因为恐惧,总觉得飞机已经在慢慢前行了,但朋友说,票还没检完呢,飞机根本没动。不对,真的在走啊!我坚持,同行者让我看窗外,找个参照物感觉一下,咦,果然没动啊。大家都笑起来,我也笑了,这一笑,感觉平静了好多。

我的情绪才刚缓和,空姐就开始来检查我们的装备了,心又提了起来。两边的朋友为了减轻我的紧张，不停地和我聊天。从飞机慢慢滑行开始，我就闭着眼，感觉晕得睁不开眼了，两手紧紧地握着扶手，飞机一升空，我就大晕一次，每升一次，就难受一回，当时真想不坐了，忍了好几次，才没有呕吐出来。当飞机平稳飞行时，心才稍稍平静一些，此时的两手都满是汗水了。朋友笑：你还真紧张啊？在高空飞行，感觉不到一点晃动，渐渐地担心少了些，就和朋友疯狂聊天，用聊天填满每一分钟，和健谈无关，实际上是标准的恐机症，到了连想都不敢想的地步。两个多小时的航程，我只喝了点酸酸的橙汁。

　　飞机上的时间过得缓慢又快速，不久又到了降落时间，晕车的人最怕拐弯，而晕机的人最怕大起大落，每一次降落，我的心肺都要提起来又落一次，眼睛晕得不敢睁，焦急地问："快了吧，快降落了吧？快坚持不住了。"在真要坚持不了的时候，飞机轰鸣一声，安全降落在跑道上，我的心还没落下来呢，直到下了飞机，我还是晕得浑身无力，机械地跟着走出机场，一点旅游的兴奋也没有。他们都要出夜市狂吃一顿，我选择了睡觉，谁来叫也起不来了，什么东西都容不下了。他们走后，我恍恍惚惚地在晃悠着，其实是在床上安稳地躺着呢。大脑不知是兴奋还是紧张，总之没一点睡意，浑身难受得一点也不想动。翻了下身，不得了，胃里翻江倒海，吐到胆汁都出来了，吐完之后，感觉真舒服，身心渐渐安定下来，慢慢地，我进入了梦乡。不知过了几个世纪，同屋的朋友才回来，她带了些食物，可我根本不能消化这些美味，一觉睡到天亮。

　　朋友叫我起床时，刚睁开眼的我感觉好多了，仿佛一切都恢复正常了。一站起来就知道错了，厦门的地太不稳了，小小地摇晃着，感觉自己空空的，轻得像棉花似的，早餐只喝了点稀饭。导游说马上要去码头，坐船去看金门岛。一听说坐船，我的胃又难受起来，连稀饭也咽不下去了。

在接近码头处，我就先吃了一片晕车药，与厦门一水之隔、两两相望的台湾金门近在咫尺，我怎么能错过呢？哪怕晕个天昏地暗，也要亲眼看一下，否则，我这一趟就白来了。

厦门岛位于台湾海峡的西岸，往东约三公里，是古称烈屿的小金门岛，往东十公里是金门岛。翔安区的大嶝岛、小嶝岛与金门的最近距离还不到两公里，我们就从离金门最近的这个码头出发。游船不算太小，海上风浪也不算太大，但是还是左摇右晃着，也许是因为早晨的海风夹杂着一晚上的湿气，扑到脸上还是有些清冷的，幸好我带了披肩，还可抵挡一时。

在北方冰天雪地的此刻，厦门还像春末似的，一件单衣即可，早晚加一件外套，和我们那的温差还是挺大的。因为当天有点雾气，我很担心看不到金门，船行了几分钟之后，导游告知我们前面的岛屿就是金门了。一直坐在船上不敢乱动的我，立即起身去看，那就是金门啊，台湾同胞居住的？岛屿看起来不大，植被茂密，隐约能看到像碉堡的建筑物，宁静，看不到一个人影。有人兴奋地大喊：台湾，我来了！那架势就像已经登上台湾的岛屿一般。

在船头有一处最佳拍摄位置，人们争相拍照，我们好不容易挤过去，抢拍了一张，还看到了金门巨幅的标语——"三民主义，统一中国"。导游讲与其相对应的是厦门的大幅标语"一国两制，统一中国"，当时并没看到，后来在返回途中看到了。

厦门与金门已经通航了，据说连两地的一日游都有了，看来两地的关系的确亲如一家了。同是一脉相承的中国人，隔山隔水却隔不断天生的血缘情深，我很盼望那一天，厦门和金门可以自由通行，那时，我一定会再来旧地重游。

古墓与传说

蒙山八百里,沂水五千年。蒙山常去,而沂水不常去,因为蒙山就在家门前,其实沂水也是近邻,在很多习俗和方言上,与岱崮很相近,上次去沂水,听到那些熟悉的乡音,犹如回到老家一般,十分亲切。

2012年春天,关于纪王崮上发现古墓的报道铺天盖地,各种惊喜、各种疑问、各种猜测纷纷见诸报端和网络,要说没有好奇心,那就有些虚伪了。前年在天上王城时导游还介绍,传说这山上有古墓。当时的感觉就是传说而已,传说是民间的,老百姓茶余饭后的谈资,当不得真。而历史是正宗的,有经得住考究的出处,所以通常人们更尊重和相信历史。

今天,我站在古墓遗址旁,听着游客众说纷纭,竞相猜测着墓室主人的身份、性别,好不热闹。不大一会儿,关于墓主人,他们已经猜测出几种年龄、性别和身份了,讨论还在继续进行,我转身去看那些古墓发掘时的图片了。我自小就敬畏墓地这些地方,多是绕道而行。现在看到眼前宽大的墓穴,哪怕是两千六百年前的,依然有小小的敬畏和感慨。关于墓葬者年代和身份一事,都留给专家去考究吧。春秋时期的墓葬,竟然能保存得如此完好，战火的纷乱、天意难违的自然灾害，这期间该有多少故事发生？

我特地去参观了崮上的民居，旅游开发之后，他们已经搬迁到山下居住。这小小的村落，有几户石姓人家曾世代蜗居崮上，恐怕连他们自己也不知道，为什么要世世代代祖居在此，但他们恪守家训，坚持住在这人迹罕至的地方。崮顶山高水远，地少风大，生活有诸多不便，他们为什么一直住在这里？

眼前这些石屋很特别，墙是用石头垒的，屋顶与众不同，既不是草，也不是瓦，而是黄石板，厚薄不均、大小不一的石板，这与桃花涧的纪国小石屋如出一辙。我很惊讶，石板与石板的缝隙很大，能挡风遮雨吗？据当地人说，这种屋顶由能工巧匠精心垒成，不会漏雨的。我走进去看了看，所有陈设均已老旧，但洁净而古色古香，老式的八仙桌、纺线车、灶台、太师椅等一应俱全。看着眼前的种种，我很羡慕崮上人家世外桃源般的简单生活，也对他们常年安居于此而肃然起敬。

其实，不只是春秋时期，历朝历代的权贵们，他们都很注重自己的身后事，对墓地的选址极为讲究。纪王，还有古墓中的无名君侯，他们不约而同地看中了纪王崮，说明这里真是块风水宝地，若非如此，君王们不会把生前身后的居所选在这里。除了选址，古人对墓地的看护也不敢怠慢，所以，守墓人该是非常古老的职业了。纪王崮上的居民，他们最初的祖辈应该是负有类似的使命。崮上风大地少，交通也不便利，但他们世代祖居，不迁不离，个中原因不值得我们深思吗？古墓的秘密被先祖以传说的方式传给后人，而且代代相传，他们和传说一样充满了神秘和智慧。安于清贫，耐住寂寞，纪王崮人世世代代安居于此，这是对古墓最好的守护。

说来奇怪，一旦把历史演变成广泛的传说，人们就半信半疑了，但是在疑问中反而被发扬光大，倒是那些正儿八经的历史，只写在纸上孤芳自赏或被少数人研读，文字的东西还是容易被老百姓遗忘和忽略。但百姓自有独特的智慧解读时代的变迁和故事，他们用最土最笨、口口相传的方式，竟然将几千年的历史传说流传下来，这说明口头传说的方式还是人们喜闻乐见的。横看成岭侧成峰，传说也不例外。传说的年代越是久远，就越是深入人心，至于可信度也没人细究，有时把秘密变成传说，反而光明正大地加了层保护色，因为最危险的地方也最安全。传说是民间产物，但越是民间的，也越有生命力，春秋古墓的发掘，也印证了传说的价值所在。

蒙阴县岱崮镇有棵"江北第一美松"将军树，至今有1500年的树龄，它的长存也是得益于民间的传说。据传，凡是来伤害此树的人都会得病招灾，所以谁也不愿意自找麻烦，这善意的传说就成了将军树的守护神。

纪王崮上的居民们，他们有意无意地做着守墓的工作，也传承着这个遥远的传说，经过沧海桑田的变换，数千年之后，恐怕连他们自己也相信传说仅是传说了。即使这样，他们依然热爱这座山崮，世代居住在高山之巅，守护着他们的家园，也守护了和他们颇有渊源的春秋古墓。我虽然想到了石姓人家世代常居崮上的原因，但我也生出一个新的疑问，古墓主人会不会是石家的先祖呢？或者有亲密无间的关系？

天上王城的古墓发掘之后，我对传说和历史有了新的看法。历史中可以没有传说，但传说中可以有历史，从今之后，我们对源远流长的民间传说,再不可小觑,"真亦假时假亦真,无为有处有还无",世事变迁,大浪淘沙,谁能肯定传说中有几分真假呢?不如给传说多一分尊重,多一点时间,若干年之后,也许还能给我们带来惊喜,就像眼前的春秋古墓。

漂过九曲

和预定的行程有些出入，原定于头天下午去漂流，不知为什么，导游说改为第二天早晨了，虽然稍有些意外，但丝毫没有影响我们的好心情，因为这一路风景，已经让我们目不暇接了。

刚爬过武夷山的天游峰，那强烈的感觉还有余震，临近天游峰的那段山路，的确是陡峭得很，连不恐高的人都腿软了，何况是我呢？只觉得脚在打战，地动山摇，手抓住什么是什么，不管是岩石还是水泥扶手，狠狠地抓牢，仿佛那些都是救命稻草似的。上得峰来，还未等心魂稍定，就发现指甲被碰得残缺不全，一看女同伴们，情形相差无几，也就少些惭愧，找到一点平衡了。所以推迟漂流，对于我，还是有些窃喜的。我晕车晕船晕机，不知晕不晕竹排？知道我的顾虑后，同行者无不笑逐颜开："连竹排也晕？那我们可真长见识了。"对晕天生就有特长的我，可不觉得好笑，我曾坐过小木船，脚一上去，马上就感觉船在前行、人往后倒，晕得不敢睁眼，其实船还没开呢。凭我这点儿经验，顾虑重重还是可以理解的，我以为。

虽然同行者极力鼓励，说从来没听过有晕竹排的，漂的感觉很好，等等，可我的心里还是打着小鼓。清晨出发时，云雾缭绕，清风徐徐，怕晕又怕冷的我，早就穿上小棉袄、戴上围巾，武装齐全了。在渡口排队等候时，他们都在喊冷，幸亏我胆小，全副武装，这会儿感觉舒服着呢。我们是第一组上船的人，检票的人喊："第一床，第一床的六个人站过来。"我们还在纳闷，导游解释说当地人口中的床就是船的意思，发音一样。这下可把我们笑喷了，原来，我们六个人是要同"床"共度的。还有一些北方游客也加入了大笑和议论的行列，检票员是地道的南方人，所以他很莫名其妙地看着我们，那疑惑的表情仿佛在问：有这么好笑吗？

小小竹排上，仅容六人坐下，船头有女"副排长"，船尾有男"排长"，平衡得很，而且竹排是顺流而行的，既顺畅又稳当，空气与景色都让人心旷神怡。这下可不得了，我所有的担心都多余了，半点晕的感觉都没有，于是心情一下子飘到九重天上去了。别人还喊冷，我都兴奋地不知要干什么好了，真想站起来欢呼，才刚一欠身，副排长发令了："别动！你一乱动，他们五人就下水洗澡了！"

两边的山峰在云雾中若隐若现，脚下的溪水清澈见底，岸边的小鸟不甘寂寞，清风过处，白雾缥缈，真以为到了神仙之家。虽然如临仙境，但生怕错过了好景色，不停地让"排长"介绍景点，就算看不到，听听也好啊。看着心急的我们，女副排长笑了："这里，就像看小说，这只是小说的开头，真正的好戏还没开始呢。"同行者的另一"床"在晨雾中落在后面，正与我们渐行渐远，急得我们大喊："喂！快点走啊！"隔排的游客还以为我们在喊山呢，也大声喊起来。也许是触景生情，一朋友大声唱起"小小竹排江中游，巍巍青山两岸走"，真是形象至极。我也忍不住凑个热闹："唱山歌哎，这边唱来那边和……"邻船的小伙子赶紧来对歌："山歌好比春江水，不怕滩险弯又多。"我也接上两句，不知歌声好不好听，总之引起一阵阵掌声和笑声。一抬眼，发现前面有个人在录像，我一下子失去了对歌的兴致，转而去观赏两边的景色了。

行程过半，雾已散尽，两旁的景色都现出"庐山真面目"，不时博得同行者的赞叹。有人问男女排长是一家人吗？男排说：我们啊，是白天同床（船），晚上不同床。惹得我们又大笑了一回。我好奇地问了几个当地的方言，当地人称呼老公怎么讲？女副排长说叫"小街"，在我们听来，就像是叫"小姐"似的，把大家笑得弯腰的、抱肚子的，差点笑翻了船。男女排长见我们笑成这样，很有些茫然地看着我们。

一路歌声一路欢笑，不知不觉中，我们已经漂过了玉女峰、悉尼歌剧院等所有九曲景点，太快了，一个半小时，仿佛眨眼间就过去了，快乐的时光总是很短暂。到码头下船时，大家还都意犹未尽呢，仿佛在仙境中逗留得不过瘾，下船的脚步都慢腾腾的。所有行程中，唯有九曲漂流，是大家一致认为最不虚此行的，在漂流中，我们全身心地放松着、享受着、快乐着，身在船上漂，眼在仙境飘，心在天上飘！

美女不是阿诗玛

很小的时候看过电影《阿诗玛》，那个美丽可爱善良的姑娘，那身漂亮的衣服，还有怪石嶙峋的石林，还有那朵逆水而上的鲜花，都让我印象深刻。以前我还以为那是布景，是假山假石，后来才知道真有石林。石林的风景比我们想象中的要好，虽然在影视中看过，真正置身其中，又别有一番收获。这里的石头千奇百怪，不仅姿态万千，还有天然形成的石洞和石孔，正好让人们可以穿越而过。石头多了，就形成了石林，不管是集中的还是单独的，都自成一景。

有一处"十全十美"的景观，在两石中间，仅有一小缝，若头从缝中挤过去，就是"十全十美"；若是挤不过去，从下面钻过去，就是"十全九美"。瘦人挤过去都有些困难，胖人就更难了，那掌握不了要领的，更是百思不解、百穿不行。有一位朋友，用尽了所有力气，倾尽了所有表情，古怪的、痛苦的、用力的、焦急的、生气的、疑惑的，上演了几多变脸术之后，最终还是认输，从下面宽敞处钻过来了。一旁观看的我们都笑得直不起腰，有喊肚子痛的，有流泪的，开心的笑声惊扰了石林。这一幕被一同行者收录在录像机里，我们在车上看一次笑一次，说一次笑一次。这段经典录像记录了我们最快乐的时刻，也是我们本次行程中最闪亮的笑果、最难忘的记忆。

　　石林里的外国游人很多，有一对年过八十的老年夫妻与我们几次擦肩而过，他们像欧美那些国家的人，人高马大的，再次看到他们时，俩人正坐在路边的椅子上休息。我鼓足了勇气上前搭讪：能合张影吗？我那生硬的英语，对方竟然听懂了，他们说OK。我就和朋友站到他们背后，另一朋友快速地按下了快门，老先生非常幽默，我向他们道谢的时候，他竟然抓起我的手，在手背上亲了一下，我稍稍错愕一下，之后就和两位老人友好而开心地笑了起来。可惜，这一幕没有拍下来。

　　又到了购物时间，导游带我们进了一家玉器店，里面的玉器价格全面，高中低档都有，所以购物者较多，导游第一次露出了舒展的笑容。我们三人买了几个小挂件，就走出玉器店，想到附近的小店买土特产，这点小动作被导游看到了，她跟出来阻止，见没效果，就原形毕露：从小店里买食品，就是要吃的人生病；送人香烟，就是咒人灰飞烟灭。看到有买云南白药的，她接着说：送人药，就是希望人家生病，你们这些人都不会买东西；等一会儿到"七彩云南"，要什么有什么……我们假装听不到，继续购买，气得她转身回到玉器店里。

　　晚上去"七彩云南"，在大餐厅里用了自助餐，然后四处购物。那个地方的确有很多纪念品和土特产，但价格昂贵，这几天待下来，大家已经对当地的物品有所了解，所以在"七彩云南"购买的东西不太多，算算拿不到多少回扣，导游的脸色马上就阴了下来，连说话的语气都无力了很多。导游的态度又让大家有些不舒服。

第五天一早，我们就去看了花市，云南的鲜花名扬天下，千姿百态的鲜花就从这里批发到全国各地。赤橙黄绿青蓝紫，比这颜色还要多的鲜花都呈现在眼前了，云南不愧是世界园艺博览会的举办地，仿佛全世界的花卉都集中到这里了，置身在花海之中，恨不得将它们都搬回家去。特别是我们北方人，在这个时间，家乡正值严冬，正是万木萧条的时候，此刻能看到鲜花朵朵开，能不激动吗？平常在花店看到的鲜花不过就那么七八种，在这里，可以用成千上万来形容花色品种了，能不让我们心动吗？有人直接将鲜花打包用飞机托运回去，我们几位女士没那么大的决心，但也不甘落后，买几个喜欢的花蛋，花蛋里面有各色种子，幸运草、勿忘我、紫罗兰、万年青等，单是看名字就很喜欢。上次来过云南的朋友说，她曾买了几个，但没一个发芽的，这样的警告没有劝退我们，哪怕只成活一个，也是很好的，毕竟这是云南的、远道的。

离午餐时间还有点远，我们又不想增加自费项目，导游就带我们看了免费的天池公园。想不到云南也有天池，那里的水和天的颜色差不多，蓝蓝的，很干净，有成百上千只海鸥在岸边鸣叫、飞翔。那里有专门卖鸟食的，我们各买了一包，把鸟食放在手上，马上就会有海鸥飞过来叼走，有时会两只一起飞来，争着抢着，结果谁都没吃到。有时海鸥也啄不准，会啄到游客的手指，被啄到的就会惊叫起来，又感觉有些夸张，然后就大笑起来。也有看到自己拿的食物被啄走而兴奋地大呼小叫的，总之，大家都和海鸥玩得非常开心，一个一个都像小孩子似的，完全想不到维持风度什么的，只管开心地玩乐。

午饭后，离去机场还有些时间，导游突发兴致，要请我们去洗脚，说一路上很辛苦，免费请大家解解乏。大家半信半疑的，但还是去了，我们一大队人马，而且都是人高马大的，在南方人看来，也不是好惹的，去就去，看她葫芦里卖什么药。除了我和另一女士不想洗脚，其他人都脱鞋享受服务了，才刚一坐下，把脚放进木盆里，就进来几个穿白大褂的，自称是专家，免费诊断，在她们的把脉下，人人都需要泡脚，只是需要的药材不同，又针对每人的情况推荐了不同的药材，又打出最优惠的价格。大家恍然大悟，原来如此，导游昨天还说不能带药的，怎么今天就推荐买药了呢？我们洗完脚，参观了一下卖药材的地方，各种各样的药材都有，而且早就打包好了，只等我们交钱取货。除一人买了一包治脚气的，其他人都空手而出，气得一个女人在后面大叫：他们！谁？是谁带进来的？叫什么名字？估计是要和导游秋后算账了。

美女导游不是"阿诗玛"，没有"阿诗玛"的善良可人，我们站在店外不约而同地笑起来，还好，又打一场胜仗。几分钟后，导游比较平静地走了出来，居然没有黑脸，大家不免有些失望，怎么回事？为什么不生气了？我们进了机场之后，导游又非常谦虚地微笑着向领队征求意见，麻烦他填一张本次导游服务情况的反馈表，反正是最后一次接触了，尽管有很多不愉快，领队还是填上了好，达到她的满意。她高兴地走了。说实话，她的解说水平还是不错的，熟练、全面，就是态度差劲，很差劲。她也得自认倒霉，谁让她遇到我们这些寻常百姓呢？若是一群大款，有强大的经济实力和购买能力，也许她就欢天喜地了。

回来之后才知道，这条旅游路线原本是四飞的，先飞到昆明，然后再飞西双版纳，可我们选择了双飞，钱是省了，但是浪费了时间，破坏了心情。"全陪"说，我们这样走的路线开了山东省的先河，路上时间多，观景时间少，难怪一路上不顺利呢，原来是前无古人，后无来者。有位朋友在旅行车上写了首打油诗，其中两句是：行程共五天，四天在车上。

　　旅游路线，一定要走成熟的，若是积极要求创新、自主，不只给旅行社增加了难度，同样，也给自己带来了麻烦，旅游，还是人走我也走，最方便快捷。这一点，我是从云南旅游之后体会到的。

我的江南无周庄

前次江南游，行程中有江南第一古镇——乌镇，虽说我最想看的江南小镇是周庄，但乌镇也没去过，看看也很好，仿佛，看了乌镇就如看到周庄一样，至少是离周庄近了一点。这次又有机会去江南，传说中周庄还是必选的一处景点，我偷偷乐着，这次毫不费力地，就能圆我周庄梦了。虽然已经去过一次江南，对那里的美景还是念念不忘，这次行程，除了对世博会的向往，还有心仪已久的周庄、中国第一水乡的周庄，所以，从知道这个消息开始，就非常期待着二次江南行。

由于一些原因，我定于第二批去旅游，结果，又由于一些原因，我必须参加第一批旅游团，而且还是非常仓促的，从心理、体力、甚至随行物品都没有做事先准备，就像仓皇出逃似的，弄得异常紧张。

坐上旅行社的车，接过旅行社的线路图，仔细看过，顿时心凉了半截，没有周庄，还是乌镇。就这样，传说终归还是传说，我又一次与周庄错过了。

乌镇不是不好，只是我去年刚去过，还没有很想念它的感觉，而且一年的时间，估计也不会有太大的变化，总感觉再次看乌镇，会少了很多新鲜感，想来喜新厌旧也不过如此吧。我也只能自嘲地跟同行者说，我来做导游吧，免费解说。

　　上次江南行，都是夜里来夜里去的，总觉得错过了很多风光，这次的启程还好，虽说是凌晨三点多就起床，大家都懵懵懂懂的，兴奋之情还是溢于言表。转道临沂的两个小时，因为座位太挤没有睡觉的可能，从临沂出发的时候，我已经又困又乏了，一闭眼一睁眼之间，已然到了周恩来的故乡淮安。越是走近苏州，乌云也越厚实，可太阳还是不甘寂寞的，在云层中影影绰绰的，时隐时现，阳光把乌云切割、装扮了一下，一层黑一层白，像南方的梯田那样规律，苏州的云真是了得，居然也着了水乡的样子，学足了江南特色。看到奇妙的云彩，我的兴致也高起来了，虽然没有周庄，但美丽的江南，一定不会让我虚了此行。

走过野葡萄沟

10月5日晨,我们一家三口来到了山东蒙阴的蒙山,在旅游指示图前思量再三,最后决定走险峻的南路上山。经过三小时的艰难而行,终于登上葫芦峰。从观"天海"的巨石上下来,我们就再次面对抉择了,上木游道或是沿野葡萄沟而下?虽然很想去感受"天下第一"的木游道,但因孩子小,怕他太过劳累,况且对前路又不熟悉,我们只好收起好奇心,按计划从野葡萄沟向雨王庙行进。

野葡萄沟的景色也非同一般。路两边皆是一树树野葡萄藤。刘三姐曾在歌中唱道:山中只见藤缠树,谁人见过树缠藤?但眼前的情景是:树有多高,野葡萄藤就有多高,枝枝蔓蔓,你中有我,我中有你,还真难分清谁缠谁呢!有的葡萄枝横在路边,已经有碗口那般粗壮了,称它葡萄树,更为确切些。

红色的、黄色的、紫色的葡萄叶子像花儿一样争相在树上"盛开",让这一片天然的葡萄架韵味十足。美丽固然美丽,但终究有些不甘心,如果早来些时日,就能看到一串串葡萄挂满枝头了。如果看到一串串葡萄高高在上,无论如何都摘不到、吃不到,就真的只有"吃不到葡萄说葡萄酸"了吧?也或许可以望"萄"止渴？没办法亲眼看见，只能在葡萄架下空想一番了。在葡萄树下，不知从哪里冒出了一股山泉，初时只听到汩汩的流水声，细看时，才知泉水是在厚厚的落叶下流淌着，难怪"不见蒙泉真面目"呢。再往下行，就看到了两棵"红豆"树，高高的树上结满了类似"红豆"的红果，一束一束的，漂亮可爱至极，遗憾的是，树上没有标明名称，同行几人又孤陋寡闻，只能又带着一个谜回家了。那到底是什么树？是什么果？

再往下走，道路的左边出现了一个大的蓄水池，池边有一根塑料水管，水管是直接插到泉眼里的，泉水哗哗地流到池中。因水管伸手可及，游人纷纷前去洗脸洗手，也有人掬一把喝下，一尝山泉的甘甜。

下山的路上，小儿问起山上怎么会有葡萄？是谁种的？老公回答说从前有个人，在这吃了一颗葡萄，把籽吐在地上，后来慢慢长出了许多，直到现在这个样子。我心想，儿子怎么不问我呢，如果问我，我会这样告诉他：从前，有只小鸟飞过，是它撒下了一粒葡萄籽，所以才有这漫山遍野的美景……蒙山留给我们无限的想象空间！

如若时间允许，一定再来爬蒙山，还有很多景致没有看到，还有几条道路没有走过呢！下次来时，一定去走走那条三千米的木游道，做一回"神仙"。南路也得再重游一次，路边一丛丛的迎春树，让人平添几分想象，若是逢春时节，在黄灿灿的迎春花海中一游，岂不更让人赏心悦目、心醉神迷？

"无限风光在险峰"，我这才欣赏和体会了几十分之一呢，如此看来，蒙山确需再多游几回，若能多识得几分蒙山的真面目，此生也了无遗憾了。

阳朔是个好地方

在漓江上漂流，因了晨雾的缥缈，把漓江山水更衬托得如仙境一般，美丽目不暇接，我们陶醉着、惊呼着，相机疲劳地拍摄着，眼里看不过来，口里赞叹不完，心里无限激动，只好拜托相机了，只有它还能理智地收录更多的美景。

从船上下来，要经过一条步行街，街不大，但热闹得很，因为这是下船的必经之路，在路两边排着满满的小手工制品的摊位，物品琳琅满目，当地特色十足，让游客们想不驻足都难。尽管导游说，想买东西，有的是，晚上带你们逛西街。男士们大多只看不买，女人可顾不了这么多，晚上是晚上，现在是现在，错过了，就可能是永远。该买的不该买的，急匆匆地买了不少。上次在厦门旅游时，就听信了导游的话，她说后面还有更好的项链，我们就只看不买，结果再没看到那样美丽的、相同的项链，旅游路线基本都是不走回头路的，我们就只有后悔和遗憾了。这次不能再错过了，看着好的，毫不手软，我和朋友买了不少挂件，狠狠地弥补了上次的遗憾。

中午时分，我们到了阳朔县城。这个县城很特别，整个城里没有高过三层的楼房，楼房都是倚山而建，有的还半隐藏在山下似的，云雾缭绕着，很诗意，很美丽。当地有个规定，因为阳朔的山袖珍、秀丽，居民都不能建筑高层楼舍，怕影响了风景的美观。在我目所能及的地方，每一座山下都有建筑物，每一座山都自成一景，精致得像盆景一样，说桂林山水甲天下，真是一点都不夸张。

阳朔的空气清新宜人，街上行人大多安静从容，即使游人如织，也入乡随俗，没有其他景区的喧闹，山好水好，景好人好，难怪外国人把这里称作最适合居住的地方。古人也是慧眼识宝地，唐代诗人沈彬便对住在碧莲峰里的居民羡慕不已，他写道：陶潜彭泽五株柳，潘岳河阳一县花。两处怎如阳朔好，碧莲峰里住人家。

晚饭后，忽然下起了瓢泼大雨，导游说不急不急，影响不了晚上看"刘三姐"，我们却急得上火，这样的天气还怎么看？导游说阳朔的天气最多变，一会儿晴一会儿雨，多变得让人不敢相信。果然，饭没吃完，一个雨点儿也没有了。大家纷纷笑说，云彩也来旅游了，这是"打酱油"的云彩、过路的雨。当看着实景山水的"刘三姐"演出，除了震撼，再没别的词语形容。

看完演出还不到晚上十点，导游带我们来到了著名的西街。西街又称洋人街，已有一千四百多年的历史，从建筑上看，和南方小镇没有大的差别，但到处都是国际情调的人文景观。酒吧、饭店、西餐厅、工艺品店等，从招牌到装饰，里里外外的风格都是中西合璧的，据说街上卖水果的老太太，都能讲一口流利的英语，这个就不知真假了。在西街上，有众多的外国人走来走去，说着让我们云里雾里的话。也有不少临街喝啤酒的外国人，悠闲地聊着天，旁若无人地干着杯，那样子，分明是在自己的国土上，安静从容。再看一下世界各地的工艺品在小街两边售卖，恍惚着，自己像出了国似的。

　　阳朔真是个好地方，若有机会在那里多住些日子，逛遍整个街巷，那该多好？

走马观花

去年刚到上海、苏杭旅游过，这次旅程中还有这两个地方，这样重复旅游真是种浪费。可是没办法，线路的决定权不在我手里，我只能再一次重复。幸好，上海的世博会盛况空前，能一睹真容，也算是弥补了这点遗憾。

关于世博会，我在某篇文章中看过，说外国二流、三流的什么活动，一到中国就成一流了。因为咱见识短浅、孤陋寡闻，就不能做出比较，但中国地大物博，人口众多，不论什么活动，只要齐心协力，都能办得有声有色，这一点是不用怀疑的。因为亲朋已经参加了前几批次的世博之游，相片也看过，经历也被他们绘声绘色地讲述过，基本上都是一个感慨：人太多，看得太少了。

因为有了充分的心理准备，所以下定决心，一定要争取多看些展馆，多了解一些国家。我们去上海的时候，离世博会撤馆已经没有多少时间了，这个时间段去看，躲过了高峰期，人应该会少一些了，这是自己的估计。我们一早就赶到世博会的门口，想抢个早，但在检票处的大棚下已经聚满游客了，世博会的热度还没过去啊？还是因为中国人多？在这里等了半个多小时才检完票，据说，这还是好的，快的。

　　我们的第一站当然是中国馆，作为中国人先看中国馆，骄傲一下未尝不可，而且可以和人家的比较一下。中国馆有几层没弄清楚，只知道转了一个多小时还没出来，除了在清明上河图前待的时间久些，其他的也都看得很快，因为我们自己的东西都是熟悉的，连它的历史年代以及出处，都是熟知的，所以还是少了些新鲜感。好戏在后头，我们还要去看世界各地的展馆。

　　听导游的建议，我们直接去了游人可能较少的非洲馆，果然，这里的人不算多，但排队等着盖章的也不少，都拿着"签证"，等着盖上各国的大印章，我们也不甘落后，抢跑似的，这边排了、那边等，一下盖了好几个，约等于到过几个国家了，看看手中的签证，又觉得有些自欺欺人，也总算是个纪念吧。有朋友提醒我们，别忘记看那些展品，这话也没太让我们记住，因为非洲的那些物品，在我们眼里，仿佛都出自一家似的，猛一看，找不出什么大的不同。

　　后来又到几个不太知名的展馆前排队，最短的也用半个多小时，我们又看了利比亚馆，像英德法意等大国的展览馆，我们只看到展馆的外形，每一处都有挡箭牌，上写着此处排队已满，或此处排到三小时之后，让人一看就打了退堂鼓。我们走来转去，光走马观花了，虽然中秋已过，但上海的温度依然很高，也许是人多的原因，空气都拥挤和燥热了，我们又急又累，个个都是满头大汗。后来大家决定看个大展馆，于是就奔美国去了。美国馆外的游客早就是长龙了，里三层外三层的，要不是我们屡受挫折，断不会在此地长时间等候，在展馆门口有两个跳街舞的美国姑娘小伙，跳得新颖、潇洒，博得了不少掌声。两个多小时之后，我们挤进去观看了大约三十分钟的宣传短片。美国馆还拒绝盖章，游客们大呼上当，连展品也是图片，这个展馆真是华而不实。

　　我们的时间越来越少了，所以不敢在大馆流连，于是又转战印度，在亚洲区域观看了一个展馆，天色已经昏暗了，虽然看得不多，但等的时间太长，走的地方太多，个个都又累又饿，疲劳不堪。即使这样，我们还是坚持着去看了城市生态馆，因为天黑，各个展馆的游人都有所减少，路过香港和澳门馆时，已经看不到长龙队伍了，但我们也没体力和精力去观看了，真是遗憾。

　　这次世博会看得，除了流汗就是遗憾。谁说走马观花就轻松？纯粹是瞎扯。

第三辑
爱或不爱,阳光依然明媚

有时笑靥如花,看到窗外阳光灿烂;有时愁眉苦脸,看到窗外阳光依然灿烂、明媚。这一刻感觉到了一个人的渺小,也体会到了自然的永恒。

爱或不爱，阳光依然明媚

虽然外面零下几摄氏度，但室内还是非常温暖，有暖气是一方面，另一方面，因为我们在十一楼办公，与太阳的近距离还是起了作用。在暖气和空调都没有的时候，那段日子显得很清冷，但我们办公室却独享温暖。楼下的同事经常抱怨暖气供得晚，我们就没有同感了，因为办公室里依然温暖如春。宽大的玻璃窗尽可能地让阳光随意地洒进来，那份温暖直抵人心。

温暖是好的方面，但光亮又成为我们的难题。玻璃窗几乎算是落地的，光线充足到爆亮，没有任务的时候还好，晒晒日光浴，还是免费的，是不是太奢侈了？既然是奢侈，就有它的负面性。在忙碌的时候，需要看材料和电脑的时候，就知道阳光的厉害了，它照得人睁不开眼，在桌面上反射出来的亮光也很晃眼，就更别说直射到脸上的阳光了，根本就无法看清屏幕，而且让人头昏脑涨，无法正常工作。窗帘啊窗帘，我们无限想念你。

我们的办公室是借用的，建楼单位不让悬挂窗帘，夏天的时候，我们已经领教过阳光的毒晒了，没想到冬天来了，还要忍受阳光的考验。有一个同事，他的办公室一直在背阴面，调整到阳面后,忽然一下全是阳光,铺天盖地的,十分欣喜。但不久之后,也开始感慨了,如果阳光可以分享,把这些多余的、富裕的阳光洒给北面的办公室,那就皆大欢喜了。

冬天的阳光是我们的骄傲,也是我们的心病。看来,有些东西还真不是多多益善,比如阳光。

阳光在夏天的时候,就更不受我们欢迎了,甚至是被厌恶的对象。本来就三十五摄氏度的热天,因为我们离太阳近,又被晒高好几摄氏度,这还好说,关键是阳光照在脸上、眼上,看不到电脑上的字,对工作都大有影响了。我们必须在空调下,才能控制一下办公室内的热度,即使不喜欢用空调的同事,也没办法。我们办公室位置最高,离太阳最近,温度也是高得出奇,像在蒸笼中一样,如果没有空调,立刻就心烦意乱了。

阳光啊阳光,真不知是该感谢你,还是该埋怨你,在我为阳光不平和纠结的时候,我忽然茅塞顿开,其实不是阳光的错,是窗帘不给力,若是有合适的窗帘,就可以调节阳光的多少了,想要多少要多少。

后来,实在是忍无可忍,总不能不工作吧,只好用报纸贴在窗子上,遮挡一下阳光,哪怕只挡一小部分,不照在眼睛上,能看清电脑上的字,也是十分享受呢。

没有窗帘,阳光就先委屈着吧,爱不爱的,请多看点报纸上的新闻,也和我们与时俱进一下。阳光还真的在读书呢,不信,你看我窗子上的报纸,已经明显地泛黄了,那难道不是它翻阅过的痕迹?

牵挂穿越千万里

和柳相识是在网络里。在情人节那天,有个女子在公开聊天时,说她有男友还有情人,自己认为过得很好,我和柳对她的看法不敢苟同。远在美国的柳在对这件事的看法上,居然和我如出一辙,于是我们开始用"悄悄话"聊起来。

柳是留学生,现在美国加州深造并已拿到绿卡。我问了她一些关于学校的情况,原来美国的学校并不全像我们想象的那样开放,她上过的两所学校,都没有开设生理方面的特殊教育课,也不像《北京人在纽约》中写的那样,老师在班上发放那种特殊保护用品,不过,在学校里,倒是有公开售卖的地方。

我们这里的网上聊天还热火朝天,在美国却已经是过眼烟云了。据柳说,在加州市市中心的网络咖啡厅内,经常是冷冷清清的。美国人的审美观也不一样,他们喜欢或娶的中国女孩,大多是那种大脸小眼睛的,不知为什么,他们感觉这样的中国女孩子漂亮。

柳是我最喜欢的网友之一,她有学识,有主见,在聊天中我就能增加许多知识。有些人聊了很长时间,仍是可聊可不聊的那种,我们却不一样。我和柳很少通宵聊天,因为时差的问题,也常在网上错过彼此,但我们的友情却不因此而退色。在我的邮箱里,在她的邮箱里,常能收到对方友爱的信件。三八节或中秋节时,我会收到柳的祝福;我从报上看到加州市发生了学生枪杀案,立即对柳表示了不安和担心,并送去我最真诚的关心和祝福。

虽然我和柳远隔千山万水,但有了网络的帮助,我们的爱心和问候都能及时地传递。我们聊的话题也经常变换,有时谈婚姻、爱情、学习,有时聊服装、礼品、零食等等,不管我们交谈的话题怎么变换,对我来说,有一句是不变的:"你在他乡还好吗?"你在他乡还好吗?这是我对柳永远的牵挂和问候。

黑是黑白的黑　白是黑白的白

也许因为长长的暑假，也许因为这个假期没有作业，总之他十分盼望开学。这个刚考上初中的孩子，对一切都充满了好奇，新的老师和同学是什么样子？还有那些老同学会不会再成为新同学？分在哪个班级？等等。他经常会念叨。他对老师和同学有着太多的期待。

终于迎来了9月4日，开学这天，他都有些兴奋了，他盼望着遇到那些老同学，盼望和老同学们分到一个班级，当然也盼望老师个个都和蔼可亲。又紧张又兴奋的一周很快就过去了，第一个周末，他在认真地完成老师布置的作业，其中有一项是图画。虽说他小时候学过水彩画，但算不上什么天分和爱好，所以绘画成绩平平。听老师说也可以用电脑制作，这下可得了他的意，三下两下就完成了，还要求去工作室打印出来。我想听听他的创意，他说保密。我又告诉他，如果打印彩色的画，费用会很高，他稍犹豫了一下，说只用黑白两色也可以完成。我想想又不忍心打击他，就同意他去打印了，不管是什么颜色的都可以。

孩子一个人去了工作室，他说如果我去了，老是挑毛病，他就画不好了。两个小时以后,孩子兴冲冲地回来了,扔给我两张画,一张是彩色的《海阔天空》,蓝天、大海、飞鸟,绿色的草坪上长满了小草和小花,虽有些孩子气,但也够艳丽的,只是总觉得平凡了些。

另一幅有些特别,上边是白,下边是黑,右侧注着一个醒目的标题《人生如画》。才十三岁的孩子,对人生就有了这样的印象?一半是黑,一半是白,生活是个大染缸,谁又是完全单纯的?对与错,是与非,哪个又是绝对的?写意的?抽象的?想不到看似大大咧咧的,他居然有这么深刻的思想和高超的创意,图画简洁却寓意深远。看着这张图画,我的思想又飘忽和感慨了很久,等他玩累了回家时,我问他这幅画的主题是什么,他说人生如画,我又问:"人生如此画,又黑又白的,好还是不好呢?"他眼都没眨就说"好"。我问为什么,他说:"做人要黑白分明啊!"此言一出,让我震动不已,我怎么就没想到呢?孩子是单纯的,阳光的,他没有被社会的阴暗所侵蚀,怎会与我的想法一样?

人生如画,黑白分明。原来此画是如此简单。

由此,我也对那些名家名作有了猜想,不管是梵高的还是毕加索的,也许当初都是些性情之作、涂鸦之作,是他人或后人又赋予了它更多的意义,而随着年代的久远,就越加神秘和珍贵了。像好多出土文物,在当时都不过是些普通的家常用具,但今天我们却非常宝贝它们,可见时间是个神奇的东西,它可以增加人的想象、改变物体的价值。此推断有无道理,我就不去深究了。就像画画,画的本身是单纯的,而外人却可以赋予它不同的色彩,因为人生如画,仁者见仁,智者见智!

隐身在脸谱之后

小时候看过一些戏剧，对曹操的奸臣脸谱一直印象深刻。有好长一段时间，我都把曹操当作一个罪大恶极又一无是处的大坏蛋，后来有机会读了《三国演义》等书，自己也慢慢长大了，增加了一些辨别是非的能力，对曹操也有了不同的看法。特别是看了他的《观沧海》"东临碣石，以观沧海……日月之行，若出其中；星汉灿烂，若出其里。幸甚至哉，歌以咏志"，以及《龟虽寿》"老骥伏枥，志在千里。烈士暮年，壮心不已"，其文才和壮志豪情都可见一斑。有越来越多的人承认他不只是一位政治家、军事家，也是一位文学家，只是他的诗中更多的是豪气和霸气。另外，他对蔡文姬的痴情也让人为之动容。

前人之事后人评，然而，后人的看法也不是一成不变，也会随着时代的发展而改变，且以《红楼梦》人物为例。王熙凤这个人物在初期并不被人看好，素有毒辣和醋坛子之称，但近年来，她越来越受到很多人的好评，比如她的管理才能，就堪称女中豪杰；就连她毒死尤二姐，也有人为她辩护，说是为了维护爱情的尊严，是"防卫过当"。反差最强烈的莫过于宝钗和黛玉了。宝钗太过于老成，太有心计，太会左右逢源，大多人都不喜欢她，而对单纯、正直的黛玉就更多出几十倍的怜爱。随着社会的发展，生活、工作的节奏都在快速变化着，许多人发现那个宝钗简直是个出色的公关能手，而整天忧郁哭啼的林妹妹，渐渐地遭到了更多人的冷落。没办法，现在是一个喜欢强者和强者生存的年代。

　　一个人的一生中，无论他生前怎样苦心经营自己的形象，如何刻画自以为完美的脸谱，他在人们的眼里，也还是千姿百态的，因为大家观察的角度不同。也因为时代的审美或衡量标准不同，不同时代的人物，也会得到各种各样的评价。将来的事情说不好，我看现在的风气就挺不错的，大多时候，人们能多角度地审视和看待一个人，而不像以往的历史人物，常常是数百乃至数千年之后才能得到正确评价，这也许与良好的社会环境和整个国民素质的提高有关吧。

　　在生活中，大多数人都想为自己的将来设计出一个一步登天的成功形象，但生活太现实，人生太复杂。如果人生如戏剧，什么样的人就有张什么样的脸谱，你就是你，我就是我，那就简单多了，但，人生并非戏剧。

眼泪，千滋百味

二月二龙抬头之后，姥爷又开始往地里运土杂肥了。那是整个冬天积累下的草木灰等一些杂物，在他眼中，这些被我们弃如垃圾的东西都是宝贝。

不让他种地，为了这个目的，我们已经说得口干舌燥。他种了一辈子地，对自己的土地特别有感情，只要是他经手过的地，都平整肥沃，连眼珠般的小石头都不会存在。他这辈子，除了疼爱我们，为我们倾心竭力，其他时间就都在和土地打交道。

可是年龄不饶人，他毕竟是八十四岁高龄了，姥娘也有多种老年病，需要他照顾，他自己腿有顽疾，腰也弯到九十度了，可他始终不肯放弃劳作。无论怎样劝说，让他们搬到城里来住，他们总是不肯，舍不得那个简易的老家。只有一次被我说动过，有一丝心动，但转而又反悔了，到底还是离不开那片故土。

姥爷偶尔得知，我和儿子喜欢吃辣菜和胡萝卜做成的小炒，从此就年年种辣菜，其他人都不太喜欢吃这个，但姥爷这几年都坚持种着。在他看来，有人愿意和喜欢吃他种的菜，都是一种欣慰和骄傲。对他来说，被人需要是一种开心和满足。

我们前些天回家去种土豆，姥爷很高兴。他指挥着我们几个门外汉干活，自己也不闲着，非要亲力亲为，刨一会儿地，他就得直腰歇一会儿。我们都抢着干活，尽量不让姥爷动手，让他做指挥官就好。过了午饭时间，才全部种完土豆，回家时，我们抢着拿工具，姥爷的腿和腰都不利索，自己走路也困难呢。

我们吃饭时，喝了几口酒的姥爷，说起今天干活没出多少力，都是我们干的，感叹自己真是不中用了。"人老得怎么这么快？上半年还拿得动的东西，下半年就拿不动了。"说着说着，他忍不住掉下泪来。他劳动了一辈子，从来不怕苦和累，就怕给我们添累赘，这是他不愿到城里来的最大原因。怕他继续伤感，我们赶紧找些轻松的话题来打岔儿，姥爷的无助和无奈第一次在我们面前表现出来。我们都不敢让自己伤感下去，想办法让气氛又轻松起来，但心里都不是滋味。这不是我姥爷一个人的眼泪，这是一代老农民的眼泪，在他们心里，是想一辈子劳动下去的。他们对土地的热爱，对劳动的执着，都是深入骨髓的。

前些日子，姥爷拄着拐棍爬了趟山，他精心寻找了九棵小柏树，栽在自己的"屋"周围，那"小屋"（修的闲坟）也是在他的坚持中修好的，我们一直持反对态度，觉得修坟有点早，有点害怕，但他和姥娘坚持，我们就为他操办好了。当一切就绪时，主事的人让最亲的亲人去验收，但我和妈妈害怕，都没敢去看，姥爷自己倒是欣喜地去看了半天，回来乐呵呵地表示满意，因为亲眼看见了百年之后的归宿，眼中高兴地闪着泪花。看到姥爷，我的心情万分复杂，眼泪差点控制不住，但是又努力地咽下去,"盖屋"也是喜事,掉眼泪是不吉利的,更不忍心去破坏姥爷的好兴致。

上次回家,在去菜园的路上,我看到了姥爷的小屋,还有栽得整齐的九棵侧柏,那种感觉无法言语,泪水忍不住夺眶而出,此刻,也许只有泪水才懂得其中的滋味。

这个夏天有汗香

以前，嘲笑爱打扮的女人时，常这样说：瞧，那人酸得，一天换一身衣服！我呢？现在也酸了，真真地酸了，半天就得换一套，没办法，一出门，马上就唱起了那首歌"汗水湿透衣背"，遇到雨天，又要"泥巴裹满裤腿"了。这就是在基层工作的辛苦和无奈，这就是到乡村工作几天的感慨。

走大街、串小巷，东家长、西家短，深入到群众中，这还真是大姑娘上轿头一回呢。一开始，我酸得还轻些，毕竟中间可以回家一趟，可以冲个澡，换换衣服。时间长了，慢慢习惯了，再加上有时中午也回不了家，或者回家时已经累得热得不想动了，饭都不做不吃了，于是换衣服的念头也忽略了。时间一长，也想开了，反正一出门，就像从下水饺的锅里滚出来似的，穿什么都一个结果，还是一天换一套最好。

一天下午下班稍早些，我回家就窝在沙发里享受空调，同时让累酸的两腿充分休息，这几晚睡觉，常因为小腿酸麻半夜醒来，平常太缺乏锻炼了，我还在适应期。看看已到饭点儿，就打发孩子去奶奶家吃饭，我可不想干活了，也不想吃，什么都不想吃，此时只有一个欲望，凉快凉快再凉快，休息休息再休息。孩子笑我："瞧你懒的！"说着就坐到我身边，又马上起来了："妈，你身上什么味道？""酸味，汗水的味道。"我有气无力地回答。随后又骄傲地补充："劳动人民的味道。"说完，我自己都心虚地笑了。看来还没累成一摊泥，大脑也转得过来，要不，怎么还没忘记给自己贴贴金呢？

尽管谁都知道这种汗香味不同于普通的，它是骄傲的、光荣的，是我们努力工作的证明，是我们不怕苦不怕累的体现，但大家都不约而同地更换着服装。我注意了一下，不仅是女士，连男士也一样，我们工作组的二十多名成员都在表演着服装秀。没办法，再高的调子，终有回落的那一刻，我们再把这些汗香描上龙、画上凤，终归，它还是拥有自己的本色。

战友们，换衣服吧，与天斗，与地斗，我们都会输，与汗斗，我们还可以。这个夏天换衣勤，不为漂亮，不为高调，与村民走近时，让对方闻到浓浓的汗味，这是不礼貌的，尽量保持自身的干净、清爽，这是对工作、也是对他人的尊重。

今夜，轻舞飞扬

说是期待吧？也不算。说不失望吧？还真有点。虽然天气预报说这两天有雪，但还是一片雪花也没看到，也不知下到哪里去了，当今天又听到这样的预报时，就有些狼来了的感觉，瑞雪会来兆丰年吗？

晚饭后打算去给婆婆送新年礼物，还未收拾好餐具，就接到同事打来的电话，说有开会捎来的材料要交接，现在楼下等着，我赶紧披上棉袄，穿上棉鞋，匆匆跑下楼去。我一眼就看到，在明亮的车灯前飘着三三两两的雪花，真的下雪了！回家跟老公说起下雪的事，他连忙走到窗前去看，在夜色笼罩下，地上一片漆黑，他说我看花眼了。反正一会儿就出门，我也不和他争论。

走出大门口，雪花已经飞扬起来，地上有了些轻微的白色，在黑暗处看不到雪花，只听见沙沙的声音，这是雪吗？老公怀疑了。等走到路灯下，才看到轻舞飞扬的雪花，仔细一看，就是一个一个的小圆球，像极了泡沫的小颗粒，太假了，简直就是拍电影的道具。

在婆婆家待了十几分钟，走上大街时，雪花已经薄薄地铺了一层，似雾似纱，抬头再看，雪花细细密密的，仿佛这两天等急了，大家争先恐后，都想出来跳个舞。雪肯定会下很久的，在高空酝酿等待了两天，又是在安静的夜里降临，没有打扰，这样的雪，不下个痛快，那才叫奇怪。

我看了一集电视剧，老公就按捺不住了，拿着相机要去拍雪景。晚上能拍到什么？我嫌冷，没有出去。隔着玻璃看去，地上路上，已经厚厚一层了。儿子跑得更快，约上几个同学，出去打雪仗了。

明天是最后一个年集，腊月二十八，按我们的计划是要疯狂采购的，计划真不如变化快，明天能不能出门，都是个未知数了。刚才看到天气预报，全省有雪，除了个别地方是中雪，多数都是大雪、暴雪。还有两天就过年了，很多人还没有回家，这雪，美丽固然美丽，可对于他们来说，能否成行，能否与家人团聚，都还一言难尽呢。

快十点钟，儿子才回家，两手冻得红红的，头发湿漉漉的，但眼睛亮得很，不必问他雪仗的输赢，单是这份快乐已经足够。年轻的心真好，想做就做，淋雨、打雪仗，不怕冷、不怕感冒，一切跟着感觉走。孩子们得到了浪漫和快乐，而我们大人，因为知道太多的后果，怕狼怕虎，大多选择了蜗居在家，多了健康，少了快乐，也算是遗憾吧。

夜已过半，雪还在轻舞飞扬着，到明天，我一定出去踏雪，与雪花零距离接触，才不辜负这一夜的雪花飘飘。踏雪，不为寻梅，不为诗词，只想在雪地上留下自己的脚印，让雪花知道，我也来过。

服装秀

在村委办公室召开的会议上，县分管领导强调说，这次下去，要和群众打成一片，不要摆架子，不要打官腔，在服装、态度以及说话的语气上，都要朴素大方，不要让群众感觉到你是高高在上的，大家都是在机关工作的，和村民打交道少，在言行举止上一定要格外注意。

听到此处，我立刻就自觉了。平常的我，都是再朴素不过的，偏偏那天，我穿上了弟媳送的花裙子，还真有点小小的招摇。原想那天只是开个会，哪想到，会后立马就下村了呢？没人说我什么，自己却感觉有点格格不入，因为其他女士都是穿着短裤的。我的准备真是不够充足，缺少预见性。

出发时，穿着裙子的坏处很快就显现出来了，裙摆乱飘，影响骑车速度，而且因为穿着小披肩，更热了。我暗暗发誓：回家就去买人造棉衣服，那种面料又大众又凉快。但是，从那天开始，忙得一发不可收，根本没有心情和时间去置办避暑的衣服。幸好，我提前准备了遮阳伞，还勉强能抵挡一下太阳的毒晒，让我每天能行走在乡间的小路上。

虽然各村达到"村村通"了，但不是家家通，因为我们这是纯山区，多数人家离公路还是很远的，需要走路才能到达农户。到村里几天，我就明白了，其实穿什么衣服，都是一样的，干爽地走出去，湿漉漉地回家来，每次都这样。幸亏，我平常就不是很爱美的女人，在家里翻箱倒柜地找啊找，终于找出几件我认为比较凉快的衣服，虽然短裤有点少，也还能倒腾过来。先这样吧，毕竟，这样的日子过一天少一天，专门去准备衣服，实用却不划算，还是坚持吧，坚持就是胜利。

老公是常年在乡镇工作的，各行各业的任务都要完成，常常疲劳得很，换衣服也很勤，有时我还抱怨他臭美，变相地上演"服装秀"，他多数时候会尴尬地一笑了之。那时我还不了解他的工作环境和过程，此刻，我对他和所有在基层工作的人肃然起敬。我们不过是参加一项临时的工作罢了，完成后就可以回单位看报纸、喝茶，享受空调和风扇了，可他们呢？年复一年，日复一日地这样重复着。平日里，当我说工作累的时候，老公会笑话我：做这点事就喊累了？你到乡镇干干看，就知道什么才是真累了，一天走个二三十里路，都是平常事。

以前的夏天，老公常换衣服时，我会半真半假地讽刺一下，现在，每天早晨，我都会准备好或提醒他换衣服，每天给他洗衣服时，心情也完全不一样了，再也没有怨气，有的只是心疼和敬意。

有一种服装秀和臭美无关，和天气有关。

今天是你的生日

今天是儿子的生日,十七岁生日。十七岁,一个花一样的年纪,仿佛在眨眼之间,就长成了一个花一样的少年。此刻,我,静静地,打量着他,心里是满满的骄傲和自豪。千万种思绪在一瞬间涌上心头,千言万语都诉不尽一个母亲的心。

窗外,雨丝细细密密地飘着,枝叶在风中轻轻地摇曳着,我的思绪啊,这十几年是怎么过来的?我的记忆啊,哪个才是浓墨重彩的?此时此刻,竟然找不到落点。我就是那个人啊,和老公和孩子在一起度过每一天每一分每一秒的人,有谁能比我更了解更有感受呢?为什么此时竟然哑然失语了?因为太多,因为太深,因为太爱,竟然找不到词语可以表达。

十七年前的今天,天气闷热无比。十七年前的我还那么年轻,从那天开始,我的少女时代永不再来。结了婚,我还像少女一样懵懂,怀了孩子,我还像少女一样单纯无知,直到孩子的降临,从那一刻,我才知道什么叫为人母,我,从那时就与少女时代永远地划开界限了。之前做事,我只为自己,有了孩子之后,我的心里眼里都是他,很多年,我都找不到自己的存在,我的快乐、我的忧伤,我的存在,都因为孩子的存在而存在。直到我发现，随着他的长大，他离我一点一点地远了，高了，大了，帅了，有思想了，有脾气了，有梦想了，依赖也越来越少了。我感觉，自己正在被他一点点地隔离，那个世界，对我，仿佛遥不可及，虽然，此刻他就在我眼前。

　　虽然我们在生活中依然亲密，虽然我们在血缘上依然如昨，但变化还是挡不住的，我会越来越老，他会越来越成熟，最终，他会成为我的依赖，成为父母的靠山，而我们，到那一天，就真的会成为他的负累，不管我们愿不愿意，现实就是这样的。父母与子女之间是平等的，因为关爱和照顾、责任和义务都是相互的，就连感激也应该是相互的，所以此刻，我要衷心地感谢我的儿子：谢谢你，因为有你，我们才更幸福和快乐。

　　又到了上班时间，又要去登记各种信息了，只能匆匆结尾，纵有万语千言，也只凝成一句：儿子，生日快乐！

考验，随时随地

雨停了，但未见彩虹挂上天空，风依旧无力，显得有点闷热，天上的云彩一片白一片黑的，仿佛充满无尽的雨意，白天的雨实在是有点小，比起前几天来，真像一个人喝酒，还未尽兴呢，酒没了，人散了，有无限的遗憾。所以，出门时我还是带了雨伞，总感觉还要下一点雨似的。

地上升起的都是稍显闷热的潮气，比起昨天，还是凉爽了不少，该知足了。于是，大家的干劲明显比往常要足，也精神了许多，话语都多了不少，从这家出门，到那家之间的距离，不管是远的还是近的，都被聊天充满了。这些天的工作，已经让大家都熟悉了，所以就增加了许多话题，一开始工作时的沉闷完全被打破。才走过了四五户人家，我们俩女士就被蚊子盯上了，专逮我俩咬，一人腿上好几口，等痒起来才察觉，这些蚊子太神了，来无影，去无踪，没给我们留个报仇的机会。雨后的蚊子特狠，被它亲过的地方，会长起较大的疙瘩，而且会痒很久。世上最可恨的吻，应该就是臭蚊子的。

没带止痒的东西，让我对蚊子更加仇恨了，万分留心地观察，终于看到了一只又黑又长的大蚊子，难怪被叮后起大包呢，欲将其置于死地，可惜还是让它飞走了。此刻比较起来，人比蚊子笨多了，被咬，还抓不住它，太欺负人了，这些臭蚊子！

今天晚上我们也出去工作了，因为有的住户已空跑了五六天，一直找不到人，晚上还有可能遇到，结果也真如我们所料，统计成绩比较满意。二十点二十多分，我就很难受了，工作的喜悦也被这种难受代替，我的右脚大拇指被蚊子叮了一下，奇痒，那个部位又不能用手挠，用凉鞋后跟碰一下，还不敢重复多了，否则人家会以为我长脚气。真是又气又恼又痒，幸亏是晚上，若是白天，我的表情一定很奇怪。忍到回家，抹风油精也不止痒了，喷花露水也不管用了，最后蒜瓣儿也用上了，还是痒了很久。这些臭蚊子，它不知道咬手指、脚趾会更痒吗？一点怜香惜玉的心都没有。

说起这些臭蚊子，我就想起了前天的一个电视节目，好像是新疆那边的建设兵团，人们穿着厚厚的衣服、戴着养蜂人的头罩，就是武装到这样，成群的蚊子和小咬鸟压压围着人转，就像某个地区的蝗灾一样，满天横飞，用点方言形容，简直是乌泱乌泱的，旁观者单是看着，就要浑身起小米，不舒服。今年，为了解决当地人的疾苦，国家专门派了飞机漫天洒药，连续几天从空中喷洒杀虫药，以后每年也会如此。在强压之下，我估计，这些小害虫会日渐稀少，而那里的人们也会更安心地生活和工作。急民之所急，忧民之所忧，国家的这种做法还真不能用一个好字形容。与蚊虫灾区相比，我们这些又算得了什么？下次出发，一定带上风油精，即使不太管用，也是一种心理安慰。

刻在心里的字

我有一张刻着"早"字的书桌，和鲁迅先生描述的如出一辙。

小学是在沂蒙山区的穷山村里度过的，那是个非常简易的学校。我们的课桌是粗糙、不规则的长方形木板，两边用石头支着，坐的是学生从各家带去的小板凳，或是找几块石头垒成的"石凳"。所以，很长时间以来，我们并不知道书桌的确切样子。

三年级的某天，忽然来了辆拖拉机，上面乱七八糟地装满了课桌，不知是哪个学校替换下来的，样式很简单，一块木板四条腿，连抽屉也没有，桌面有很多旧伤，有好几张都刻着"早"字。第一次用上桌子的我们，乐得像小鸟一样，叽叽喳喳地议论不停。我用的那张桌子，因为划痕太多，只能隐约地看到一个模糊的"早"字，我开心地坐在高低适中的"新"桌子前，连写出的字都更好看了。

用上"新"桌子的第二天，语文老师给我们讲了"早"字的来历，听完故事，同学们才恍然大悟，难怪有这么多"早"字，原来是跟鲁迅先生学的。一个同学反应快，马上就拿起小刀要刻一个更新更规整的"早"，老师赶紧制止了："我讲这个故事，是要大家学习这种遵守时间的精神，而不是这种行为。我们一定要好好保护自己的桌子，那些乱刻字的人，肯定是没有领会这个故事的深意。这个早字一定要刻，这种精神一定要学习，但我们要刻在心里、脑海里，而不是桌子上，大家明白了吗？"同学们洪亮、齐整地说了声"明白了"，但心里还是多少有些疑问的。

再后来就有了真正崭新的书桌，后来，又有了自己带锁的三抽桌，后来又有了青岛一木的专用书桌，现在又有了可放电脑的书桌，样式、颜色也都多变起来，但我对它们的喜爱，远没有超过那张刻着"早"字的书桌。那张书桌，不仅让我自小就崇拜鲁迅先生，后来还看了很多先生的作品，喜欢上了文学并坚持在这块土地上收获了自己的庄稼；在文学上没有达到先生的高度，也许永远也达不到，但这不影响我把先生当作自己的榜样。

在遵守时间上，我还算得了先生真传，不管是排练还是参加会议、活动，我都会提前到达，遵守时间已经成为一种习惯。很多活动，都不会准时开始的，我这种先到者，经常会等待很久，但宁可我等人，也不让人等我。

我老公也是非常守时的人。在厂宣传队排练时，只有我们俩人每次都提前到达，其他人一般会晚一二十分钟，或者更长。在等待的空当里，我们就有时间和机会多聊天，多了解对方，有时也会边弹边唱，因为共同的爱好、共同的习惯，慢慢地拉近了我们的距离，成就了美好的姻缘。

一个"早"字，不仅刻在了我的童年，刻进了我的记忆，也刻出了我的婚姻和生活。

有一种味道无法代替

我的家乡在沂蒙山区，在这里有过"二月二"的习俗，这天是龙抬头的大日子，万物复苏、百虫萌动，我们连这天的面条都叫龙须面。从懂事起，我就十分期盼过"二月二"，因为这天有香喷喷的蝎豆吃。蝎豆是我们家乡的小吃，从前，只有在二月二才能享用这种美味。我最喜欢吃姥爷炒的蝎豆，软硬可口，还有一种特别的香味，姥爷说那个是草木灰的味道。

姥爷炒蝎豆和人家不一样，多数人都是事先将豆子在盐水中泡很久，晾晒到半干的程度，然后再下锅炒，被浸泡过的豆子增大了不少，据说也容易熟透。姥爷也泡黄豆，但感觉盐入味就行，也不用人家常用的砂子等来混合搅拌，他用草木灰当作料。我见过他炒蝎豆，这活儿很费工夫，因为火候不能大也不能小，要掌握得刚刚好，火大了容易炒煳，火小了炒不熟，所以这火候的大小就决定着蝎豆的品相和口感。姥爷先把草木灰炒热，再把豆子放进锅里，然后用力搅拌，铁铲声沙沙地响起来，因为他要不停地翻动锅里的豆子和草木灰。问过姥爷为什么放草木灰，他说这样防止炒煳，还增加香味。虽说慢工出细活儿，这连续二十多分钟地翻炒蝎豆，也很累人。一开始，豆子还在锅里七嘴八舌地"唱歌",时间越长,豆子越少,啪啪声越小,这也预示着,蝎豆将要出锅了。豆子的噼啪声响还有另一层意思,惊动即将出土的虫子蝎子等,让它们待在该待的地方,不要出来伤人。炒熟后,姥爷把豆子放进簸箕里,把灰簸掉,然后再用手轻轻一搓,豆子就干净了。他还将草木灰撒在各个墙角,灰撒得也很有讲究,要呈龙蛇状,以招福祥、避虫害。也在院子里用草木灰画成圆形,中间放上纸壳或盖顶,就是粮囤的意思,画的粮囤越多,就预示着今年收成越好,五谷丰登。最近我才知道,草木灰的用法十分传统而深远。

后来我进了城里,知道我最爱吃他炒的蝎豆,二月二这天,姥爷就年年从百里之外坐汽车送过来。城里售卖的蝎豆加了小苏打等作料,还配上用面做的菱形小蝎豆盖,不管他们怎么搭配,就是没有姥爷炒得好吃,那草木灰的味道满口余香,回味无穷,现代化的烤箱根本做不出那种香味。

近几年,姥爷的背明显地驼了不少,皱纹也深了很多,老寒腿加上摔倒骨折、做了手术的膝盖,让他越来越难行走了。最近姥娘身体也不好,他更是离不开,屈指算来,姥爷有好几年不来城里了。每到二月二,我们就买点蝎豆给姥爷送回去,他年龄大了,力气不足,炒不了蝎豆了。

这两年我很少吃蝎豆,因为那味道没有姥爷的味道,也没有草木灰的味道。

走在乡间的小路上

到村里搞调查统计，不过几天时间，就完全适应这种工作和环境了。从当初的怕汗、怕热、怕晒、怕狗、怕蚊子，小声说话、小步走路，人也心浮气躁，到现在都可以疾速步行、大声说话，平心静气地，就是在大暑天也可不打遮阳伞了。

头一两天，我还真打着伞，走在小路上，走在小巷里，就我一个人在阳光灿烂中打着花伞，总会遇到几个老乡侧目，这让我很不好意思。我所在的地方是东西方向，正东正西，早晨迎着太阳走，晒正面，下午背着太阳走，晒背面，真是一个完整的太阳浴。不辜负这天然的太阳浴了，不用遮阳伞了，但是又涂上了厚厚的防晒霜，胳膊都起皮了，不采取点保护措施不行。平常上班，都是两点一线，家、办公室，办公室、家，已经长时间地缺乏锻炼了，现在逞强不了。后来，领导说可以稍微躲开大太阳，合理科学地安排工作时间，又发了些防暑用品，这种做法得到所有工作人员的一致赞同。

到乡镇工作，或与乡镇工作的女士接触，很少见她们穿裙子，问起，回答说工作时不方便。现在，我也习惯了不穿裙子的日子。说不方便穿裙子，有人可能不理解，有这么夸张吗？以前人家要这样说，我还真不信。但事实告诉我，穿裙子在外工作，十分不方便。第一，骑车时裙摆四处飞扬，需要经常整理，影响行驶速度；第二，任务紧急，步行时要快，大步流星的走法，与裙子很不协调；第三，劳累时，经常在路边就地坐下休息，若穿着裙子，就很难坐得自然、舒服，达到不休息的目的；第四，蚊子喜欢穿裙子的女人。

村里人勤劳，除了必须行走的路，院子内外全是瓜果蔬菜，土地在庄稼人眼里得到最充分的利用。也有的人家，院子外面栽了各种花草，有的院子种了爬墙虎等植物，组成了多面的绿化墙，美观漂亮。

村里的小路，有一半还是不敢恭维，有的地方太窄，有的路没有硬化，在下雨天非常泥泞，有的路被雨水冲刷得露出尖尖的石头来，再加上一条大水沟一条小水沟的，什么车子都通不过，只能步行。我们只是过客，做完工作就撤了，常年在这里生活的人们，有多么不方便？乡村道路"村村通"已经全部达到了，房屋建设也按规划成排成行了，下一步，如果能改造一下村里的路，让它家家通、户户通，这样就更惠民了。

走在乡间小路上，鸡犬相闻，野花遍地，遇到的村民都亲切热情，那种纯朴、善良，让我们这些外人都有串门子、走亲戚的感觉。在这里，插上大门的人家不多，而在城里，邻里之间老死不相往来的不在少数。

乡间的自然景色和村民的和谐，让我羡慕不已，即使行走在泥泞、狭窄的乡间小路上，心情也是轻松、自然的，感觉是亲切的。在小路上迎着夕阳行走时，我都会想起那首歌：走在乡间的小路上，牧童的歌声在荡漾，喔喔喔喔他们唱，还有一支短笛隐约在吹响……

关爱胜过千言万语

"年年岁岁花相似,岁岁年年人不同",上半年还常说,到基层的机会太少,下半年开始,这种格局就有了很大改观,我参加了联系服务群众活动,到村里的次数明显增多。

在入户走访中,乡亲们的家庭状况在我眼前一一呈现,富足的、一般的或是窘迫的,从住房和室内摆设就能看出一二,虽然只是几十户人家,但贫富差别还是可见一斑。留守老人虽然不少,但都知足常乐,我发现了一个问题,年龄越大的人幸福指数越高,相反,随着年龄的年轻化和知识的增加,幸福指数也在不断递减,无论城市还是农村,据说都存在这种情况。

若说幸福指数与学历成反比,这还找不到很确切的论证,不过在冷脸与热脸之间,我倒是深有体会。前年夏天,我曾参加了一次大型的调查走访活动,那次的时间是一个半月,恰逢酷暑时节,我们天天汗流浃背地重复着同一个话题。朴实的村民们,无论他们正在做什么,都会耐心地听并认真回答。多数人还同情我们在烈日下的辛苦,给予贴心的问候。在某商业街走访时,就有了冷暖两重天的感慨。有些人根本不配合我们,不是敷衍了事,就是拖延时间。有几个高学历、高收入的人,以忘记了等各种理由，让我们反复登门去收集信息，我们没报怨劳累，他们倒嫌麻烦，那脸拉得就像堆满积雪的长白山。在最热的天，我们看到了最冷的脸。

屈指算来，我也曾参加过多次走访活动，说实话，我还是喜欢在村落中的小路上穿梭，遍地的野草野花就不用说了，也不说山墙上碧绿、浓密的爬山虎多么有气势，单是院墙外大小不一的各色菜园，还有偶尔传来的鸡鸣犬吠，就确知自己是田园风光中的一分子。很喜欢和乡亲们拉呱儿，虽是家长里短，虽然直白，却字字坦荡，句句亲切。穿越过的大街小巷中布满了我们的脚印，这是种非常踏实的感觉，在这里，能听到自然、爽朗的笑声，也看到很多真诚、质朴的笑脸。坐上小板凳，接过村里大嫂递过的旧蒲扇，这比享受了空调还要凉爽、惬意。

某些人在评价一个人的素质时，多以学历和身份高低来论定，其实不然，那些大字不识或学历不高的乡亲们，反而更知尊重和感恩，更懂得配合和合作。有些什么都高的人，疑心、私心重重，遵纪守法的觉悟却微乎其微，这种个例在报刊、网络上已经比比皆是，就不用多费笔墨了。

前段时间，因为要完成一项秘密的调查工作，又有机会走遍蒙阴。我们的工作是到乡村入户调查，绝大多数人都很理解和配合，但也有极个别人拒绝回答，不免让人有些尴尬。

"寒天催日短"，这话还真是贴切，走过几个乡镇，我们到达岱崮的时候，夕阳已经悄然隐藏了它的光芒，那从崮顶飘过的几丝微弱余光，已经点不亮小路上和村庄里的苍茫。气温就更不用说了，已经降低了不少，隔着玻璃窗，我们已经感觉到了初冬的凉寒。

虽是岱崮人，却已多年不在这里居住，不过对县城与岱崮的温差还是熟悉和了解的，为防寒，我早已预备好了丝巾。即使武装齐全，刚一出车门，也被冷风吹透了。岱崮的寒风不解乡情，它分不清谁是岱崮人，连我也没躲过"寒风吹我骨"的待遇。但乡亲们热情有加，对我们的问题认真回答，没有一人出现拒绝回答的现象，哪怕是被我们拦下的匆匆路人，也微笑着回答了问题。有个正在售卖百货的大嫂，先回答了我们的问题，然后才招呼顾客。因为来回奔走，因为乡亲们的热情，竟然完全驱散和忽略了最初的寒冷，在夜幕降临的时候，任务顺利完成。没有绿蚁新醅酒，也没有红泥小火炉，可我心里还是暖暖的。在最晚的一站，最低的温度中，我看到了最温暖的笑容，听到了最亲切的话语，这种温暖直达心底。

在返回的时候，天已经黑透了，我们的车冷清地慢行在山野的公路上。我的手机忽然响了起来，是儿子打来的。他说上学的地方有点冷，都穿上羽绒服了，还让我和老公也穿多点。儿子真是长大了，都知道提醒父母保重身体了，大概他是想家了吧，虽然没有说出那两个字。我没说什么感性的话，但夜色清楚地看到，我的眼圈还是红了。我忽然觉得，冷与暖，有时候真的与温度无关。

一眼之间 心情灿烂

终于有个自然醒的体验了,年初三,大概没有商家要急着开业,连鞭炮都在休息中,我便睡到了自然醒。梦想成真,是谁这样祝福过我呢?原来,有些梦想成真的速度也很快,比如自然醒。

我平常的状态一直是忙碌的,虽说没什么成就,就算是一个小小的凡人,仍然是忙碌不停。每天从早忙到晚,忙着上班、下班、加班,做家务,照顾父母,关心孩子,等等,还有,我自己还要写下随时随地的感想,有时也还一下人情稿,完成一下任务稿。总之,时间于我,总是感觉匆匆和短促。

2014年的春节,因为刚刚修改了假期,年三十这天还要上班,时间就显得犹为紧张。但不客气地说,这天真的没人来办事,甚至一个电话都没有。我们空耗着时间,一分一秒地感慨着,今年可真是偷懒了,家里的活儿一点没帮上忙,也不对,小年的夜晚,总算是扫了几个蜘蛛网呢。

每个清晨,我都不知自然醒是什么滋味。我每天都是被闹钟叫醒的,所以我是永远醒在闹钟后面的人,而且每次都起得十分不情愿,但闹钟的喊声是最好的警告,如果拖延了,后果就是迟到。响铃声就是命令，它一响，我就会匆匆起床，准备再匆匆不过的早餐，然后匆匆洗漱，匆匆着装，匆匆地去上班。每个早晨都是这么匆匆忙忙的。我算了一下，好像这一生都在赶时间，上班的时间，下班的时间，开会的时间，出差的时间，赴约的时间，就连周末都不能自由自在，因为我们常常加班和值班，真正可以休息的时间真不多。即使有了这样的时间，也会被一成不变的闹钟叫醒，即使它不叫，也会紧张地懵懵懂懂地醒来，因为身体的生物钟已经刻骨铭心，即使没有铃声，也可以按时醒来了。这时候醒来，便是满满的后悔，本来今天可以自然醒，却被习惯成自然的紧张给代替了，仍然是一如既往地醒来。

自然醒的感觉已经十分久违了，没想到，今年的年初三，总算是梦圆了一回。除夕夜的鞭炮轰鸣，辞旧迎新地响到很晚，而年初一早晨的鞭炮声又响得很早，很多人期待着庆祝新年第一天的到来，用响亮的鞭炮声传达着喜悦，预示着美好的一年从此刻开始。此起彼落的鞭炮声，好像在担任着闹钟的职责，很多守岁的人都是被鞭炮声叫起来的。年初一还有很重要的事呢，梳洗打扮，吃水饺，大人发红包，小孩子收红包，还要去亲友家拜年。即使不是自然醒，每个人的脸上也都是喜庆的，新年的第一天，每个人都有好心情、好表情。我儿子也不例外，假期中，他都是睡到自然醒的，还是做学生最幸福。我平常叫他起床，那得几遍才成功，年初一这天叫他，只需一句话：快点起床，要收压岁钱了。虽然眼睛蒙眬着，好像还在梦中的样子，但他还是清楚地问声过年好。在这个不是自然醒的清晨，儿子破例毫无怨言地醒来了，看来，这压岁钱的魅力还是远远超过了自然醒。

一眼之间，心情灿烂，这样的美好是大年初一最独特的礼物！

哪片云彩会下雨

奇怪了,今天早上的天气预报还说多云天气,附近区域也没说有雨,现在呢,小雨飘飘然地落下来,天气预报啊,又一次被老天晃了一下。

因为今天一直阴天,空气也好,感觉也好,都非常适合出门工作,所以今天的心情也不错,想趁着这样的大好时机,多干一会儿。人员很快到齐了,可惜了,走了没几户,就被迫失去了信心。原想突击完成一家饭店人员的统计,到那一看,门前车水马龙,人来人往,原来正在办婚宴呢,办喜事的人忙乱着,服务员们忙乱着,这样的情景之下,我们怎么好意思再去添乱。谁说天时、地利、人和,就能成事的?有时这话也不准。

看看时间充足,就又到沿街转了一圈,有小雨的陪伴,心情格外舒畅,原来没抱什么希望的一家,也很乐意走到门口问问。我们已经去了十几次,态度冷淡不说,还推三阻四的,在我的汇总表上,已经列入不配合之列,准备把困难上交领导了。此时人家竟然拿出一张不太完善的表来,这真让人惊喜。虽然内容不全面,但有聊胜于无。这些天来,我们天天来逛一圈,问一遍,有枣没枣,都来打一竿子的做法,还终于有了效果，化解了原来的那些冷漠和拒绝，看来，我们做的还不算无用功。到了最后阶段，已经是极度考验耐心的时候了，因为剩下的这些人家，都已经十次八次地去过了，有各种各样的理由阻碍工作的进展，真是急人。今天还不错，攻下了我们认为最难的一户。有时，事情也像天气预报一样，有准的时候，也有不准的时候，看来，天气有些出入，也挺正常，到底哪块云彩会下雨，只有天知道。

雨点渐渐大了起来，我们纷纷猜测着的过路雨，显然不再成立，看来云彩也不只是来"打酱油"的，可能连醋也打着了，连盐也买上了。努力地遥望天空，此时天上如人间，都是烟雨蒙蒙，到底是哪片云彩在下雨呢？

遇到"藏獒帝"

前天清早,一想起股票,就有点小小的担心,不是习惯性地害怕黑色星期二,而是因为美国的债务以及信任危机问题,虽然暂时有所化解,但大厦将倾也会是必然似的。我们是老美最大的债权国,兔死狐悲,这还用怀疑吗?以前恨得牙痒的时候,竟然没有想到,不知不觉中,就坐到一条船上来了,至少在经济上是这样。还想什么呢,股市啊,恐怕又是未知数了。

开完早晨的汇报会,我们又分头行动,刚一出门,铁笼中那只高大威猛的黑藏獒忽地小吼了一声,顿时惊得我跑了几步,把同行者也吓了一跳:奇怪了,都来十几天了,怎么今天倒像不认识了?有人说是与换衣服有关吧?大家天天换啊?我自觉了:是不是不喜欢我的绿上衣啊?难道这家伙也有炒股情结?我还和它一个属相呢,真是一家人不认一家人。走出一百多步了,我的心跳还未恢复正常呢。

是因为心情还是怎么的,上午的工作也不算顺利,付出与收获远远不成比例,还小小地生了点气,估计我们的耐性也都快到极限了。我们这是大众化的工作,又不是针对某人专门制定的特殊标准,可有的人根本没法交流、沟通,你说你的,他说他的，真是没法理解。

中午回家，先打开电脑看股市行情，果然，上证都跌40多点了。藏獒不仅吓了我一小跳，连股市都惊吓了，调整是预感到了，但没想到会低到尘埃里去，以后万万不能笑话天气预报了，股市不是更没谱吗？

昨天早上去上班，看到藏獒安稳地坐在笼子里，一切安好，下午收盘时上证微跌了0.77点；今天是8月2日，藏獒乖乖地趴在笼子里打盹，大盘也一直红着，直到我写完这些文字的时候，沪深两市还都是红的。外国的章鱼帝能预测世界杯输赢，莫非中国的藏獒能预测股市？这黑大个儿到底是不是股市的"藏獒帝"，显然还有待于时间的考证，一切都后话后说吧。

谁都不容易

那天去参加孩子的家长会，说来惭愧，孩子上五年级了，我才第一次参加家长会呢。前几次都因这样那样的事情错过了，说实话，到底是不太重视，因为孩子的成绩比较靠前，觉得开不开会没什么大的作用似的。这次不同，恰巧是孩子期中考试成绩发布日，恰巧这次考得不好，语文得了满分，数学才考了82分，简直是历史最低分，这样就更坚定了我去开会的决心。倒是儿子有些忐忑，他试探着问：你如果忙也可以不去的。我去！我肯定地回答！

到教室里一看，大部分家长都去了，有以前的同学、同事、邻居等，总之熟悉的面孔很多。大家都七嘴八舌地问别人的孩子，说自己的孩子，交流之心十分迫切。参观了孩子们墙上的字和画，我才看到黑板上的留言：妈妈，对不起，我这次没考好！请别生气！或是对不起，我没达到您的要求。也有的写着妈妈爸爸辛苦了的话，但大部分都是自责并请求父母的原谅。孩子的压力多大啊？这些孩子也挺可怜的，我的眼泪差点控制不住。虽然都说分数不是衡量成绩的唯一标准，但谁能真正做到看淡孩子的分数？况且孩子本身也是很在乎分数的！

有几个家长发了言，有的说很注意孩子的睡眠，有的说经常和孩子一起做题、玩游戏等等；也有的家长非常失望，觉得已经努力辅导了，但成绩仍然没有提高；有的家长苦于辅导不了孩子，自责得很，等等。我问了孩子的作业完成情况，因为他写字的速度快，又经常在课间做，在家中做得极少，我怕他完不成作业，但两位老师都说完成得不错。我又问了怎么让孩子对名著感兴趣，等等。

　　最让我难忘的是班主任的讲话：孩子渐渐长大了，至少他自己已经觉得什么都会了似的，虽然事实不是这样，而且他们自尊心极强，再不能和管小孩子一样来管五年级的学生了……这道理其实我懂，但没有引起重视，听了老师的话，我感到很震动，我决定做个听话的学生，对孩子再平等一些。

　　我回家时已经晚上九点多了，儿子紧张地问老师怎么说他的，我说：表扬了两次，批评了一次，表扬是希望你的成绩再上一层楼，批评是因为老师对你没有失望，觉得你稍一努力就能赶得上去，特别是数学！真正学习不好的学生，老师都懒得说他们了！我这样跟儿子解释。

　　孩子对我的回答看来还满意，很快就进入梦乡了。我却久久难以入睡，对于教育孩子，我还差得远呢，我要学的知识还很多。做孩子不容易，做个家长又何尝容易呢？

世上若有双全法

一本书摆在书架上，一个人坐在桌子前，一只碗放在橱柜里，一只小鸟站在树枝上……不论是什么，它都有自己的位置。也许这些位置在平常看起来无关紧要，但在危急时刻、特定时刻，却常让人难以取舍。

有一档电视节目曾做过一次调查，这是一个老掉牙却难死人的问题："如果你和婆婆同时掉进河里，你希望丈夫会先救谁？"年轻人多数说都救，非选一个的话，有人说先救母亲，如果连自己的母亲都不救，这个人就不可救药了；有人说，谁在他心目中最重要，就先救谁；也有人说先救离得近的那个……采访老年人时，大多人支持先救母亲，毕竟老年人是弱者，也有人对不救老人的儿子予以谴责。有一个老太太却说应该先救儿媳，因为孙子和儿子更需要儿媳的照顾，否则，失去媳妇的儿子，也一定不会幸福。她的选择让很多人目瞪口呆。别说在关键时刻，即使在讨论中，这都是很为难和争执不下的事，在一个普通老太太那里却易如反掌。真是一位伟大而无私的母亲，她已经视儿子高于自己的生命了，所以才会做出这样的选择。

我也是一位母亲，如果真有那一天，我会怎么希望呢？我自然也希望孩子的路走得更远更好，我别无选择，所以也希望他会先救妻子，我已经老了，不能陪他走完人生路，而她却很有可能陪他一生。但其实，突发事件来临时，很难让人有充足的时间考虑，只是凭本能和距离做出判断罢了，所以，孩子先救谁，都不是他的错，都应该给予充分理解。有些时候，有些事瞬间就发生了、过去了，容不得半刻拖延，如果在犹豫与权衡之间，母亲和妻子都被水冲走了，那才是真正的痛！不可挽回的痛！

中国人通常把孩子排在第一位，特别是实行计划生育之后，这样的排序已经得到了大多人的认可。但在国外，排序却有些差别，比如法国。法国著名的钢琴家理查德·克莱德曼，在中国接受采访时曾说，他们把妻子排在第一位，如果没有妻，子从何来？即使平凡的我们，也要面对很多，而每一次选择都是一次取舍。我们曾嘲笑古代制度的等级森严，而如今，不是也有位置的排序吗？职位、身份、工资等等。电影《情癫大圣》中的唐三藏，曾在万般无奈中写下这样的话"世上若有双全法，不负如来不负卿。"若如此，谁还烦恼什么位置与排序呢？如果真有双全法，那该多好。

花非花　茶非茶

我是不会喝酒的人，平常惯用以茶代酒来应付，但这"以茶代酒"四个字，还很有些渊源呢。吴国的第四代君孙皓，各种荒淫暴虐，此人又非常好酒，每次请客，都要人家喝到七升之上，让人十分尴尬和为难。不过孙皓十分照顾大臣韦曜，看到韦不胜酒力时，孙便"密赐茶以代酒"，但是后来，孙皓并没有把韦曜照顾下去，还是下令把他杀了。这是史上记载最早的"以茶代酒"。知道这个"以茶代酒"的来历，自己也还是继续挂在嘴边，用来婉拒人家劝酒，但一细想起这个词的渊源，心里多少有点不舒服。

陆羽的《茶经》问世后，茶文化更是大行其道，不仅仅是中国，还影响了很多国家，比如日本、韩国等。随着时代的变迁，茶的用途也很耐人寻味。

宋代徽宗非常喜欢茶，郑可简就投其所好，研制了一种新茶，银丝水芽，色白如雪，后名"龙团胜雪"茶，进贡之后，果然得到徽宗的喜爱，并提了官。得到好处之后，郑可简又让侄子四处寻好茶，找到"朱草"后，特地安排自己的儿子去进京贡茶，也被封了官职。有人特作"父贵因茶白，儿荣为朱草"，加以讽刺。可见这茶也是因人而异，同是一个茶字，在不同人手里的用途和效果就不一样了。

不只是那些文人墨客，山人居士，官场人士其实也爱茶。乾隆皇帝一生中四处寻游，他喝遍了名茶，杭州的龙井茶、峨眉的蒙顶茶、武夷的岩茶等。乾隆对水也极有讲究，水质以为轻为好，所以他每次出行都备有一只银斗，用来量水的比重，在广泛比较之后，他把北京玉泉山水定为"天下第一泉"，他有一枚印章刻着"一瓯香乳听调琴"，由此可以看出，乾隆爱茶，不是浪得虚名。

东晋的陆纳有"恪勤贞固，始终勿渝"的口碑，一向以俭德著称。在吴兴任太守时，有一个官职比他高的卫将军谢安去看他，面对如此贵客，也是一杯清茶，一点寻常的果饼招待。陆的侄子看不下去了，就自己设宴招待，之后还责怪叔叔不会待客，结果被陆纳赏了四十大棍。在陆纳看来，以茶待客是最好的礼节，又能显示自己的清廉之风，所以一杯清茶足矣。

其实，清朝的慈禧也很爱茶，除了养生之外，她还注重特色独到的帝王茶艺，一应茶具均用金玉制作，还要新鲜采摘的鲜花放到茶中，等等，讲究十分烦琐，这大概是想彰显出她的高贵不凡吧。

而我等俗人，也很喜欢喝茶，虽然没什么讲究，单单是就茶而茶，有时还只是解渴，算不上一个"品"字，却也能自得其乐、乐在其中。

如此看来，茶与人也不相上下了，都分个三六九等，哪怕是品茶的文化，也是因人而异。茶不是俗物，但是经了人的手，总归还是沾了点俗气或者是地气。说茶是雅俗共赏，这话还真是很确切呢。都说雾非雾，花非花，我怎么觉得，有时茶也非茶呢？

世界上最好的礼物

明明说好要去接儿子，他又担心上课，怕请不下假来，让等等再说，一会儿又说明天再回来，不让去接。变来变去的，最后他自己坐公共汽车回来了，中间又转了两站车还不能到家，我们只好又到半道上接他。这小子还是不长记性，凭着一时脑热做事，真是让人不放心。上次已经有过这样的教训了，那天下午太晚，都没车可坐了，这次又是这样，不知什么时候才能长大。

在车上，儿子倒是放松了，终于坐在自己家的车上，对已经颠簸了四个多小时的他，也算是一种解放吧。他拿出给我和老公的礼物，两个带红五星的小黄帆布包，一个写着"最帅老爸"，一个写着"最美老妈"，里面是手机链，漂亮却又有些卡通，他说这是送给我们的"情侣链"。儿子还给两个小妹妹买了属相小礼物，不过打开后遗憾了半天，包装盒上是小兔子，可里面却装了小猫咪，让他哭笑不得。

上次回家，他给我买了蓝色的草编帽，像贵夫人的装饰品，还给他爸爸买了眼镜。这孩子，送礼物这份心意，总是一直是放在心上的。看到他这么上心，一个劲地表示高兴和开心，我忍了几次，到底没有说出以后不要浪费钱的话，真是有点煞风景了。不过还好，即使有时说出来了，儿子也大大咧咧地乐着，并不当真。

从什么时候开始呢？应该是上小学开始，从知道有"三八"节，他就开始在老师的教育下给妈妈送礼物了，这在当时都是老师及时提醒的结果。从几毛钱的小手链、小戒指、头绳，到几块钱的小项链、小钱包、小梳子、小镜子，随着他年龄的增长，节日送我小礼物已经成了习惯。

我的礼物随着儿子的成长，也渐渐丰富了、"昂贵"了许多，帽子、手镯、背包，虽然这些钱都是羊毛出在羊身上，但还是十分高兴。哪怕是很容易变色和损坏的廉价礼物，都是礼轻情意重的象征，所以我每次都是十分欣喜和骄傲地"收礼"。儿子大概是喜欢我这种收礼物时夸张的兴奋，他就更喜欢给我买礼物了。

说实话，我最喜欢的礼物，还是儿子在今年过年时买的宝蓝色背包，大方漂亮，关键是意义非凡，那是他第一次拿到奖学金，用自己挣的钱送给我的礼物。我是独享尊荣的。当然这里面还隐藏了一点小故事，好像是我自己"要"的一样。

儿子还不知道，其实最好的礼物是他的平安和健康，只要他自己好好的，就是给父母最美丽最珍贵的礼物。他才是我们重于泰山的礼物！这个道理，他什么时候才能懂得？

应是绿肥红瘦

不怕人笑话，我自小就对做饭做菜感兴趣，虽然不喜欢动手尝试，菜谱可是买了不少，家常菜、营养菜、面食、凉拌菜、汤、炒饭等，那天我数了一下，有十几本。单看我家的书橱，我就是一个厨房高手，标准的吃家。

事实呢？不好意思，这都是表面现象，我所谓的研究都是一念之间的事，真正付诸行动的也有，但是极少。不是我没兴趣，而是我发现菜谱上的作料，我们基本备不齐，还有它上面说的数量，也不好掌握，油啊盐啊那些量也难决定。

作为家庭主妇，常年与柴米油盐打交道，着实会少了一些兴趣。做饭炒菜都变得机械，甚至畏难发愁，感觉做不出可口的饭菜给家人，心里有时也十分惭愧和着急。为了有点新花样，至少让家人感觉自己在做菜方面没有江郎才尽，有时也挖空心思，抛开菜谱的禁忌，自己创几个新菜。

将新鲜的芹菜叶子择下、洗净，晾到半干，把红辣椒切成细条状，有时也把红辣椒切成点细丁，加入盐（也可直接用咸菜丝），醋少量，然后把这些放在一个较大的小盆里搅拌均匀。过几分钟，芹菜叶子的苦叶味，在盐的作用下变成淡淡的，而且因为有了作料的加入，味道便丰富起来，吃起来清香可口，十分爽口。如果不爱吃酸，醋可不放；口味重的，也可加少量香油，增加香味，总之还要根据家人的口味稍加调整。根据我自己的口味来说，还是不加香油更清爽，色泽也更鲜艳，是标准的红配绿。后来我绞尽脑汁都想不出来这盘新菜的名字，虽然看起来红绿相间、色泽艳丽，吃起来清淡宜人，但是菜名还真是久觅不得。为了能找一个好听的菜名，我还拍了照片，专门请教几位友人，到底还是没有成功。最近重读《清照词》，在看到"知否，知否，应是绿肥红瘦"时，忽然豁然开朗，这不是我新菜的好名字吗？从这之后，我的这盘拌芹菜就叫"绿肥红瘦"了，红色只是星星点点出现在绿色中，叫这名字可真是再确切不过了。

　　发明一个新菜，与其说是给家人惊喜，倒不如说是给自己一点成就感，一点新鲜感。在油烟的熏烤下，在长年累月的忙碌中，得到的并不是家人的肯定，而是时有报怨：这菜炒得真难吃，怎么总是这个味道？如此等等。为了让吃饭者有个好口感，我还创造了一些新菜式，比如辣椒藕丝，这种做法还是比较稀少的。一般的做法都是姜焖藕、肉片藕、糯米藕、排骨藕、炒藕条、藕块等，藕和辣椒搭配的菜还是比较少，我见过一种麻辣藕条，味道还不错。正因为吃过一道辣的藕条，比较符合我家的口味，于是我试验了一下酸辣藕丝，有时也加点肉，味道还很特别，因为由条变成丝，口感就好了几倍。儿子不喜欢吃青菜，尤其是不喜欢吃藕，可藕又是家常菜，经常能看到、吃到，他一般对藕菜几乎不动筷子，但是此刻，在酸辣藕丝面前，儿子爱不释手。看到孩子狼吞虎咽的吃相，我的心里真是小小地美了一下，后来这个菜还成为他最喜欢吃的菜之一。

儿子不喜欢吃水果，我试着把水果做成菜。先把苹果去皮，切成0.3厘米厚的片，用白糖和面，因为苹果本身就有糖分，糖少量即可，搅拌成均匀的糊状。最后一道工序就是炸了，把苹果片放在面糊中滚一下，放入热度适量的油中，看到面熟了，就可以捞出来，炸久了会影响苹果的脆。炸苹果的味道和新鲜的苹果不一样，不管多甜的苹果，大炸过之后，会有一点酸，不过这也没关系，面皮中的甜味足以中和这点酸味。酸甜适中的炸苹果，儿子把它当零食吃，寒假时，他一边玩电脑，一边把一盘炸苹果吃了个干净。

看到儿子桌上的空盘子，我的心里十分欣慰，同时也有了信心，为了家人健康和开心，在研发新菜方面，我还要继续坚持和努力！

遥望罗马 貌美如花

今年的艺考又开始了。去年在山东潍坊艺考报名现场，看到眼前的人潮汹涌，每个报名点前都是长龙或是半圆形的队伍，无论家长还是考生，都是眉头紧锁，心急火燎，或是望队兴叹。再看来往之人，不是风尘仆仆，就是风鬟雾鬓，一脸茫然和焦急，身心俱疲者居多，就算报上名了，也丝毫不见喜悦之色。大厅出口的人，谁都这样重复着："太多了，怎么这么多人啊？"大厅外，雾霾依然重重，人们的脸上、眼神中也是一言难尽，个个都满腹心事，几天下来，我几乎没有看到一张有笑容的脸。

报名的路上，两条人行道上的长龙从未间断过，到处是拖着沉重行李的考生、背着画具的考生、一脸紧张和严肃的考生，即使父母陪考的，也是一样如临大敌。那些从未出过远门的学子，更多一层紧张，人生地不熟的他们，不仅要自己报名、确认信息、领证，还要找住宿地、吃饭的地方，要看考场，还要确定好时间预订下一场的火车票，如果不是连夜赶车，下一场就会耽误了，再剩点时间，还想复习一下功课。简直不能用一个词"紧张"来形容。

听到几个考生在抱怨，他们最发愁的是找不到叫出租车的电话，就是有了号码，又怕明早考试的时候打不到车，人太多了，实在是太多了。有的学校报考人数已达到几千人，明早八点考试，他们打算五点就起床，要真打不到车，只能走着去，考场离宾馆有八九里地远。有个家长在感叹，孩子在商贸学校考试，离宾馆三四十里地，吃喝用品全得备好。

在水一方，大家拼命期望的那边到底有什么？十年寒窗苦，是大学两个字能终结的吗？此刻，齐鲁大地上的十万艺考生纷纷挤上一条船，不只是他们，还有更多高考的学生，不都是上了一条船吗？上了船，启航之后，开弓没有回头箭，船在顺流而下，要想回到岸上，不是涉水而回，就要拼命游回去。因为担心和恐惧，即使想下船的人也犹豫不决了，回头真的是岸吗？海天一色，此刻回头也是一片苍茫。

也有一些人，不愿挤在同一条船上，他们随便找个岸就下去了，感觉踏实和轻松，原来离开了船，生活一样可以继续，快乐一样可以拥有，爱情一样可以遇到，船上的人生和船下的人生在起点上有差别，但在过程与结局中，居然也没有太大差异，一样为工作发愁，为爱情追逐，为房子努力，为未来奔忙。

不愿意挤在同一条船上的学子们，其实不必焦虑和紧张，即使害怕回头的岸，在你的左边、右边、前边，港湾无处不在。如果船上越来越窄，争得一点立足之地很累，那退一步也无所谓，退一步，依然能海阔天空。不是有句话吗？条条大道通罗马，不信你就查一下，没上过大学的作家、企业家等，比比皆是。

遥望罗马，貌美如花，哪条道不是道啊？

第四辑
冬天来了,春天不会远

年年都有寒冷的冬季,人生也如此,有温暖就会有清冷。在最冷的时刻,记得再坚持一下,"寒辞去冬雪,暖带入春风",相信春天,春天会在不远处等着我们。

冬天来了，春天还会远吗

——"春米草自青"高考同题作文写作

曾以为看到秋叶飘落就是悲伤了，曾以为一个好友没见到就是失落了，曾以为被很多人误解就是绝望了……在5·12汶川大地震之后，这一切就都变得轻如鸿毛。

那几乎夷为平地的映秀镇，刺痛了观者心脏的北川中学，那一排排平躺着的学生身体，一群群焦急等待的家长，水泥板下横七竖八的稚嫩的手臂，都让人惨不忍睹。这原本是一些正读书的娃娃，这个校园曾有过多少孩子的欢声笑语？如今这里已经成为很多家长最惨痛的伤疤了。在大灾大难面前，人的生命微小得像一棵棵小草，一瞬间就被压倒了，甚至连精神也被压垮了。

在这次大地震中，有许多人的生命失去了，亲人的痛苦和呼唤都不能让他们起死回生，这个现实是一点一点认清，一点一点接受的。随着交通的恢复，亲人来了，陌生人来了，省内的省外的，白皮肤的黄头发的，全世界的爱心都传递过来了，捐款与捐物都应接不暇地运送到灾区。大灾之后，还有一个温暖的大"家",人们团结在一起,心连在一起,有什么困难不能战胜呢?

　　悲痛之余,人们渐渐清醒理智起来,绵阳市的一个领导说得好:"躺在救济的温床上比地震更可怕",他们积极开展自救。"有意义就是好好活,好好活就是有意义",许三多的这句名言就被北川一对夫妇印证了。这对失去爱子的夫妇,近日已从安置的简易房中搬回家去,虽然家已面目全非,但还是自己的家,他们从废墟中找到了儿子的相片、儿子的礼物,还有孩子爱下的象棋,物还在,人已亡。泪水流过之后,他们也找到了一些还能使用的家具,还就近搭起了一个简易帐篷。坚强的妈妈说:我现在最大的希望就是把自己的家重新建起来,然后再生一个自己的孩子,把他养大。爸爸说:还会像培养那个孩子一样培养他。

　　在大自然中,人的生命轻如草芥,可那又如何?"野火烧不尽,春风吹又生。"现在不仅是全国人民行动起来,劫后余生的人们也都慢慢加入了家园的重建工作。冬天过去了,春天还会远吗?

凋落的不是心情

深秋的阳光穿过玻璃洒在阳台上，轻柔、安静、温暖，今天是个好天气，但并未给我带来些许的兴致。不知因了秋的到来，还是近日身体欠佳，情绪总是低落的。我在飘着音乐的房子里静静地发呆，静静地思索，这个周末就在这样的忧郁中过去了一半。

忽然被急促的敲门声打断了思绪，儿子气喘吁吁地跑进来宣布：妈，我要去野餐。我懒懒地反对：我一点儿也不想动。他连忙解释：就在前面的小树林里，我和小朋友去。我这时才想起：坏了，我还没做饭呢。一向对饭菜很挑剔的他竟毫不在意：没关系，我拿点东西下去吃就行了。他边说边找了一袋豆沙面包，拿了三个纸杯，一个放了虾皮，两个装着清水，我又给他切了几片火腿。儿子乐呵呵的：这样挺好的，很好啊！妈你快过来帮我开门。

不一会儿，我就从阳台上看到两个小朋友了，他们坐在老人们经常下棋的石头棋盘边，摆来拿去的，就像桌上有丰盛的大餐一样。这是怎样的画面啊？！他们四周全是荒芜的杂草，脚下是厚厚的落叶，秋风吹过，偶尔会有一两片叶子飘落。而两个七八岁的孩子，就在这样的环境里吃得有滋有味、手舞足蹈着，这情景倒真让我很感惊奇了。本来是一幅"秋叶衰败图"，有了孩子的加入，居然多了亮点，有了生机。写到此处，忽听窗外传来嬉笑和打闹声，循声望去，"野餐"已经结束，两人在小树林里追逐着，小手抓扶过的小树上，不时会有几片叶子因此夭折，但天真无邪的孩子居然不察，还是那样兴奋地叫着闹着。儿子中间跑回来拿东西，我问他，你没看到那些落叶吗？它们不影响你们的食欲吗？啊？！他一脸不解：叶子又不会落到我们的杯子里，再说，就是打到头上也不疼啊？顾不上说第三句，他就跑下去玩了。

面对着眼前这幅"落叶和野餐"，我看了很久很久，不知觉间，居然有了许多温暖和感动。原来，在孩子们眼里，快乐是如此简单，如此伸手可及，也许正应了那句话：越简单越快乐。

对不起，我错了

亲爱的儿子：

　　这几天咱们总是"战争"不断，真是不好意思！我感觉写字的我会比较理智和冷静，能把我的想法更为清楚地表达出来，所以我向你递交一份检讨书。首先，我要向你说一声对不起，作为一个母亲不能理智地对待孩子，这是最大的错误。

　　小时候，你就是个很可爱的孩子，有点胆小，但很听话，后来，你开始越来越有男子汉气概了，偶尔会发发小脾气，这些都是你成长过程中的必须，我认为。所以，我不会事事跟你计较。随着年龄的增加，你越来越有自己的看法了，有时说的话会让我很吃惊。我还一直觉得你是我羽翼间的小鸟呢，不知觉间，你已经学会飞了，虽然飞得很低。那天你对我说，妈妈，你也得放开我了吧？让我自己去闯闯？那天你又说：妈妈，你得让我去见识一下外面的世界了吧？这是十一岁的孩子说的话吗？如果不是亲耳听到，我是一定会怀疑的。在你的强烈要求下，我给你配了钥匙，你高兴的样子让我至今难忘，原来那是你已经长大的标志，你说！

　　对一些事的评价，你经常会提出疑问，比如我说因为社会是复杂的，没有绝对的是与非、好与坏……可你却说：太麻烦了，这么复杂，还是不要长大的好。你看，遇到麻烦就想退缩，这可不是男子汉的作为。

多数时候，妈妈都像对待朋友一样对待你，但心情不好时，也难免会拿你当出气筒。在这里，再次请求你的原谅。你有时问我：怎么这么小的事你也生气呢？其实真正的原因是，已经有很多事让妈妈烦恼了，而你正好点燃了它。

妈妈最烦恼的是对你的信任感不稳定。那年你摔伤时，妈妈太受打击，你康复了，我却像得了后遗症，一直提心吊胆。很多时候，我都以我的人生经验，跟你讲大道理、小道理，也许这并不一定能让你受益多少，但我总是想让你懂得更多，这就是你所说的唠叨。

儿子，我还想告诉你，这世界上并不是只有成功和失败两种结果，不是有句"条条大道通罗马"的格言吗？人生的路也一样，此路不通，别的路一样可以走下去。当你犯错的时候，当你感觉孤立的时候，一定要想起妈妈，任何时候，你都要记得，即使很多人放弃了你，你也没有失去全世界，因为你还有妈妈。

现在，听着你的小呼噜和你爸爸的大呼噜一唱一和的，我感觉这就是世界上最温暖、最动听的交响乐了，虽然此时的窗外仍是寒风飒飒。

祝你夜夜好梦！

永远爱你的妈妈

渐行渐远的绝活儿

在沂蒙山的乡村里，也有很多人用上煤气灶了，但姥娘家还坚持用土灶，用他们的话说，已经顺了手，不想用别的。大灶是用石头和泥巴砌成的，小灶是用铁皮和泥巴砌的。我小时候见过姥爷砌炉子（小灶），先找到上好的黄黏土，和上些麦瓤什么的，说是这样的土更结实耐用，在地上摔打多遍，直到均匀适度。这个过程可能跟"醒面"是一样的道理，刚和的面通常会有生面疙瘩，揉一会儿，再放上一段时间，那面就柔软均匀了。在这个等待的过程里，姥爷也是忙着的，他先用铁片围成一个炉子的框架，没有钢筋，只能用几块铁片拧在一起，做炉子下面三条承重的腿，等泥巴醒好，就可以砌了。姥爷用泥巴一层层将铁片包裹起来，炉底会留一个小洞，便于透风和漏柴灰，在炉子的上面会留出"耳朵"，既便于放锅，又能让火有个出口，一个土制的炉子便成功了。这样的炉子还不能使用，要在阳光下曝晒，晒到干时，才可以用。刚开始用新炉子，会冒很多烟，姥爷说这是因为炉子还没干透，还不太透气。果然，不多会儿，火渐渐旺起来，烧水做饭都运用自如了。

姥爷是一个能工巧匠，他就地取材能做出很多东西，比如编筐、提篮，用高粱穗扎刷帚和扫帚，用细的高粱秸穿成盛水饺的盖顶和箅子，用石头凿出石槽，喂鸡喂猪方便得很。

姥爷打石头的手艺也是很出名的，他手艺好，又实在，谁家盖房子，都要请他这样的好石匠。姥爷垒墙的技术更是一绝，沂蒙山的老房子都是"干插墙"，全部是用石头垒的，不用一丝泥土或水泥，这可需要丰富的经验和技巧，要想垒得结实美观、垒得又快又好，那可非一日之功。现在的年轻人很难想象这是一种什么技术，说通俗一点，这种垒墙的方法和俄罗斯方块的垒法非常相似，放石头之前必须看好它的形状，要放在非常合适的位置，那才万事大吉。

姥爷的绝活儿还有很多，比如打草鞋、编蝈蝈笼、编蓑衣等等，都是就地取材就可以做成的。像姥爷这样的民间能工巧匠已经越来越少了，随着生活的富裕，现代化的普及，原始的祖传的手艺都快失传了，这都是老祖宗多年来的智慧积累，断了传承就太可惜了。非物质文化遗产保护，这个提议真是太好了，希望有关部门多挖掘、保护民间手艺，别让这些绝活儿真的成了"绝活儿"，即便不再广泛使用，也可让后人瞻仰和引以为荣。因为这些民间手艺不只是时代的产物，更是历史的脚印、智慧的结晶。

奇怪的配料

小学三年级的儿子，最近写了一篇作文，真是有意思得很。

他刚学了一篇关于水果的文章，老师让学着写一篇习作。中午他就让我给他买奇珍异果，这可把我难住了，最后，我告诉他，现在才刚到春天，很多树还没开花，哪来的果子？再说，就是买到那些特殊点的果子，你也不了解它，怎么能写好呢？他最后同意买点草莓。

下午放学后，我问他写得如何，他说草莓是吃光了，但没写草莓，他看到同桌拿了个类似柿子的东西，所以他写了柿子，并把那篇作文拿出来让我看。文章的开头是换药不换汤，中间写的是一棵棵树上，结着一个个青黄两色的柿子等等，也算过得去，看到结尾，我就不敢恭维了："柿子可以炒着吃，还可以做菜呢。妈妈说，多吃柿子好，柿子含有维生素C。"我赶紧声明：我说的含有维生素的柿子是西红柿，不是树上结的那种柿子。你后面一段，怎么写成西红柿了呢？他一边修改着一边嘟囔着：怎么柿子就不可以炒着吃呢？我说，反正我没见过。他又问，那柿子里面含有维生素几呢？我老实地告诉他，我就知道它含有糖，不知道它还含别的什么。

第二天，去他奶奶家，我说起此事，大家笑作一团，儿子有些恼羞成怒，现场就开始"惩罚"我。事后，我有些不忍，暗想也许柿子真能炒着吃？

以前的西瓜只能在夏天才可以吃到，这是按自然规律生长的，什么季节结什么果、开什么花，都是确定的。可现在呢，一年四季，各色蔬菜瓜果时刻都有，想吃就吃。真为当代的植物老师发愁，如果学生回答黄瓜在春天结果，老师又该如何批阅？现在的科技发展日新月异，什么事都变得有可能了，从前的"一定是"，现在也变成"不一定"了，教育孩子还真成了家长和老师的难题。

我忽然想起，在饭店里吃过一道"油炸冰淇淋"的菜，冰淇淋都可以炸着吃，为什么柿子不可以代替糖炒菜呢？兴许用柿子炒出来的菜，也别有一番风味。这样看来，儿子的想法不但不奇怪，还很有创意呢！孩子的想法千奇百怪，父母是最近的倾听者，千万不要讽刺和打击，不鼓励和帮助的话，最少也要给几分尊重和理解。

爱在一瞬间闪耀

有一天，当你发现，爱情在经历过十几二十年后，它的牙都要老得掉光了，而你本身好像一直没有太敏感，因为它是一颗一颗掉的，当你真正发现和在意的时候，早已经面目全非了。爱情很难天长地久、地老天荒，过来人大多感觉如此，特别是当今的快餐时代，爱情也打上了快餐的印记，不由人生出许多失望来。

面对如此的变化无常，是不是爱的故事就不上演了？答案是否定的。写到此处，我眼前老是闪着一个画面，生活中的真实画面。那是初秋的一天，秋雨缠绵地下着，路人多已用上雨具，可路边的那两个人还在对峙着。他们已经吵了好久，女孩不停地抹着脸，不知道那是泪水还是雨水，过了许久，女孩终于伸手打了男孩一巴掌，转身要走，她却被男孩拉回去，在男孩紧紧的怀抱中，女孩屈服了，他们在雨中热吻起来。他们是那样投入，那样旁若无人，好像马路上的车辆和行人都不存在似的，当然，我这个透过玻璃窗的观者此刻也不在他们的眼里。如果不是亲眼看到，我会感觉这个镜头不真实，而此刻，我只有感动和祝福。我想，即使将来，他们的爱情到了尽头，谁也不会忘记这雨中的一幕，因为有了这一幕，爱情才更刻骨铭心。

我在路上还看到过一对情侣，在轰隆隆的货车经过时，男人很快地、下意识地把女人往自己怀里拉了拉，然后换过位置，自己走在与车相近的一方。虽然只是一个小动作，但其中的爱是深深的。我认识一对夫妇，他们结婚也有十几年了，但丈夫从来不让妻子拎重物，即使自己两手拿的东西都已满满当当的，他也是亲力亲为。很平常的一件小事，但他坚持了十几年，这就很不平常了。丈夫对妻子的呵护之心，由此可见一斑。

真爱的故事还在不断上演，我的心里除了感动，更多的是温暖，原来大多数人都明白，重要的是爱的过程，而不是爱的结果。就像人的生命一样，明知道结局必定是死亡，但每个人都尽量快乐地活着，这就是享受生命。

在这一瞬间，我也懂得了，正是有了像他们那些个瞬间的永恒，生命才更鲜活，爱情也更亮丽。

钥匙的作用

孩子第一次要钥匙，是在上一年级的时候，他回来说，人家小朋友都带着钥匙，非让我给他准备一个，我说你又不单独待在家里，要钥匙没用。孩子却一本正经地：怎么没用？带着钥匙，就说明长大了。为了满足他的虚荣心，我就用红毛线穿了一个废弃了的钥匙，以此来哄他高兴。他还真当回事似的，让那把钥匙在他胸前飘了好几天，瞧他那满足的样子，真像长大了似的。

前几天，孩子在购物时抽到了一个奖品，是一个塑料的钥匙扣，这下可把他乐坏了，回家后非要一串钥匙不可。我当时忙，就哄他说等我有空了再找钥匙。今天我休息，孩子又想起钥匙的事来：你不给我找，我自己找。他一边自言自语，一边乱翻抽屉。还真让他找出来好几把，他高兴地跑过来，让我看看哪个是有用的。我随便从其中拿了把大一点、新一点的：就这个吧，这个还不错。孩子高兴地放在手里端详：妈妈，这个钥匙是开哪个门的？我说哪个都不能开，是没用了的，你尽管拿着玩吧。孩子一脸不高兴：我不要假的，钥匙不能开锁，要它做什么？妈妈，你给我一把真正的钥匙，能打开门的那种。

看着孩子固执又认真的表情，看来今天是糊弄不过去了，我就说了实话：家里确实没有多余的钥匙了，等有机会我给你配一把，现在咱先穿几把钥匙，拿着玩好吗？孩子气呼呼地边穿钥匙边说：什么破钥匙，没门开，还能叫钥匙？不要了，一个也不要了！儿子把钥匙扣和几把钥匙一起扔在沙发上。

虽然孩子态度不好，但我却不忍心批评他。孩子真的是长大了，已经可以辨别出真假了。

在大人眼里，一把钥匙仅仅是一个开锁的工具，而在孩子眼里，却是意义重大，那是家长的信任，是长大的标志。钥匙不是装饰品，它的作用就是开锁，这是孩子在无言中告诉我的。

我欠了孩子一把钥匙，一把能发挥它真正作用的钥匙。暑假后，孩子就要上四年级了，我想我应该去配一把钥匙了，因为那不仅仅是一把钥匙，更重要的是它包含了对孩子的肯定和信任。有些事对我们也许无所谓，但对孩子可能就很重要，比如钥匙，在他们眼里，这是信任和成长。

因为不了解，所以没权利

在某个宴会上聊起一个历史典故，明了者笑逐颜开，也有聪明的沉默者，即使无知也掩盖过去了。偏我一个朋友心直口快：什么意思？有两人马上就现出一副很不以为然的表情，我悄悄地向朋友解释了一下，他也笑了。等朋友出去接电话时，那两人问我：这人怎么这么无知？连这个都不知道？我说他很忙，没时间看书，也没时间关心其他的事情。正说着朋友回来了，话题中断了。

虽说话不投机半句多，"投机"也需要一定的条件，比如生活的环境、工作的环境、共同的喜好、相同的经历等等。我那个朋友其实是个很好的人，他踏实、能干，没有过硬的靠山，没有雄厚的资金，没有很高的学历，但他很努力，敢闯敢拼，尝试了很多种工作。他肩上的责任重大，上有老父母，下有小儿，妻子又下岗，哪个不需要他做靠山？尽管这样，他还是很乐观，很坚强，最终在生意场上打下了一片天地，虽不是富翁，但养家糊口绰绰有余。我觉得他已经很成功了，那种自强不息的精神很让我佩服。

另外两个说闲话之人都是养尊处优地生活着，高收入的工作加上良好的家庭环境，他们有时间有闲情去享受生活、去发展自己的爱好，这些都是让人羡慕的，也是让很多人可望而不可即的，比如我那位朋友。谁都想过轻松的生活，但有很多人条件受限制，只能奔波和忙碌，生活就是这样不公平。

有知与无知，我觉得这是相对的，对自己熟悉的领域，当然能了如指掌，侃侃而谈。换一个陌生的经济话题，那两个感觉高高在上的人，也许会无言以对了，隔行如隔山嘛，这些都很正常。这样的事情在生活中经常遇到，几个人对别人评头论足，闲言碎语也就罢了，有些就很贬低他人人格甚至更严重些。

作为旁观者，还是少言为妙。多一些宽容，多一些谅解，多一些尊重，少一点说三道四，因为真相只有局内人最了解，别人的评论都是猜测、臆想而已。在谈论一个人好坏时，最好还是多想两秒钟，你真的了解吗？别因为那些天马行空的评论，让你做了"管中窥豹"之辈，徒增笑话。

"横看成岭侧成峰，远近高低各不同"，人也如此，因为不了解，所以没权利，论人论事还是慎言为好。毛主席说过：没经过调查研究，就没有发言权。此话相当经典，哪怕是在今天，仍然言之凿凿。

天边那颗最亮的星

都说爱情是一个古老的话题，那么母亲呢？我认为二者的顺序应是先有母亲而后有爱情的，倘若母亲不给我们生命，我们能有什么权利去爱去恨呢？

几年前，有位年近六十岁的老者，他八十岁的老母亲去世了。当他谈起此事时，在他脸上、那张沧桑的脸上，我竟然看到了几分无助。那天，他给我讲了他母亲的许多小事，虽然他没有流泪，但我分明感觉到他心里的痛，痛彻肺腑的痛。他有一句话，让我至今都记忆犹新：你知道吗？不管人多么老，只要母亲健在，他就是孩子，是永远都长不大的孩子，还可以随时向母亲撒娇的……我不想加深他的悲伤，我强忍着泪水，但我深深地感觉到：世界上最疼他的那个人去了……

母亲是事无巨细、心细如发的，她为儿女做任何事都无怨无悔，她为儿女做多少事都甘心情愿，而儿女只需要给她一个微笑、一个电话，就够她唠叨、回味和高兴几十天的。母亲的病痛，常常被儿女忽略，因为她从不诉说，她怕儿女们担忧和牵挂，而儿女的眉头一皱，母亲就会问上十几个为什么，儿女的一分痛，会让母亲的心痛上几倍，而儿女的一分喜，也会让母亲高兴万分，母亲就是那个百分百"先儿女之忧而忧，后儿女之乐而乐"的人。

当你成功的时候，需要炫耀和分享的时候，身边是亲朋好友举杯共庆；当你潦倒、最需要安慰的时候，当你山穷水尽、众叛亲离的时候，只有一个人不会弃你而去，那就是母亲。母亲的爱是不会附带任何条件的。

关于母亲的记忆，在大多数人眼里都是细小而繁杂的，像天上的繁星，数不清、道不尽。我也一样。迄今为止，我已发表过近三百篇文章，但很少有触及我母亲这个话题的，因为母亲对我的关爱实在太多了，我不知从何处着笔，不确定要写什么，也不敢轻易落笔，我怕道不尽母亲十万分之一的好，又怕把母亲最伟大的爱写俗了。一想起母亲这个话题，我就感到万分的歉意。在母亲面前，我深深地感到，我手中的笔太涩了，我积累的词汇太少了，以至于，每次想到为母亲作文一事，都深感惶恐和无奈。

夜深人静时，看着浩瀚的星空，我终于明白了，夜空的繁星虽多，可我分得清，母亲就是天上那颗最亮的星。

等到今年的母亲节那天，我一定要对母亲说几句心里话：母亲，请您原谅，我真不知道，我该怎样描写，才能让读者知道您是世界上最伟大的人，我也不知道，我要写多少文字，才能让读者像我一样爱您。母亲，告诉您一个秘密，其实，关于您的文章，我写了很多很多，不过，不是在纸上，而是在心里。

崛起在先陨落在前

A大厦其实是一座四层楼,之所以把名字起得如此大气,还是时代的原因,20世纪80年代的沂蒙山,经济尚不发达,所以在当时当地的小山城里,它还算是高楼,也是第一处贸易繁华中心。二十多年后,因为发展的需要,在这座楼的原址上要修建更多层的高楼,所以大厦将倾成为必然。二十多年,就已破败不堪,需要重建,哪还等到三十年河东河西?这怎不让人感慨呢?

大厦轰然倒塌之后,灰尘满天,大家纷纷叹息着,感慨着。此楼曾经是小城最高最漂亮的建筑,也曾经一览众山小,有着相当的骄傲和辉煌。那时出售的物品都是小城最时尚的,四楼有个歌舞厅,除了平常唱歌跳舞,举办跳舞培训班、歌舞比赛等等,也举办一些大型的庆祝活动,大家在一起联欢、歌唱、跳舞,这里曾拥有很多欢声笑语,是小城公认的繁华中心。

几年后,城里相继有了几家新开的超市,高层建筑此起彼伏,近几年在大厦对面,有座高层大楼拔地而起,"大厦"就更显出矮小与破旧了。到九十年代末期,大厦风光不再,已经成为个体经营的场所，后来就开始酝酿拆除重建了。这是很多办公楼和商业楼的命运。

其实住宅楼的寿命也已经越来越短，有人议论，要由七十年的使用期改为五十年，最近又传出一般楼房也就三十年使用期的说法。A大厦也算是又赶了一次时髦，应声而倒了，这楼拆得真是时候，不早不晚，像专门验证专家的论定似的，但建筑者也太有超前意识了，莫不是早有预见？在建筑的当初，就没想让它长寿？按人来说，不过是青年时期，却就这样"被早衰"了。现代人的寿命是越来越长了，可惜房子的寿命却越来越短，老祖宗那些百年、千年不倒的建筑，真太让人怀念了，那时还没有高科技，为什么房子还能长久屹立不倒呢？

看到大厦轰然倒塌后的废墟，我的感觉真是一言难尽，那曾经舞动和歌唱的年轻身影中，也有我一个，而且有一段时间，我和朋友还是那里的常客呢，青春在我们舞动的脚步和笑声中飞扬，而大厦却和那段时光一样，渐渐成为一个永久的回忆。一座楼的意义，对你也许无所谓，对我却很重要。

当爱情成为亲情

爱情是什么，不难理解，就是两个原本毫无关系的男人与女人之间的相亲相爱之情。亲情是什么，那就更简单了，亲情是血脉相通、与生俱来的情感。

当爱情来临时，男人女人眼里唯有彼此，在这样热烈的情感里，再亲的亲情都会逊色，这轰轰烈烈又情深似海的爱情，最终的结果当然是要走进围城。

于是家务来了，孩子来了，忙碌来了，负担来了……再也不像恋爱时"我的眼里只有你"了。男人和女人在生活中奔波，有时甚至连认真看对方一眼的时间和心情都没有，这时才恍然大悟：婚姻果然是爱情的坟墓。

离婚的人和正在闹婚内战争的人，大多都会说：爱情没了，但感情还在。像《一声叹息》《牵手》等电视剧中都有这样的例子，像赵本山、何庆魁等名人离婚后，仍然会在经济上照顾前妻。从前，我总认为这是一句非常虚伪的话，现在终于明白了，其实他们说的感情就是由爱情日积月累成的亲情。

当夫妻日夜相对、亲密无间、心心相印时，当两个人熟悉得连脸上有几根汗毛都知道的时候，不管你承认不承认，爱情已经在不知不觉中变浅了、淡了，已经慢慢进化成了特殊的、没有血缘的亲情。我丈夫曾对这种关系说过很精辟的一句话：如果夫妻是亲情，那血缘就是孩子。爱情和亲情不同，爱情是需要维护的，亲情是天生的，深入骨髓的，应该比爱情更长久。

所以当爱情变成亲情时，只有两种结果，幸或是不幸。懂得珍惜的人，双方在相惜相对中白头到老，反之，就会互相伤害、折磨。

如果是未婚的人，想考验他会爱你有多久，这很简单，只需要你去看，看他对自己亲人的态度，因为不久的将来，你也会是他亲人中的一分子。如果他连有血缘之亲的人都不珍惜，那你爱到最后，除了悲剧就别无选择。

当爱情变成亲情，最是考验婚姻的时候，这座围城是更坚固还是即将倒塌，都将是一念之间的事。

谁是你的第一时间

同事给我讲了个故事,是关于第一时间的故事。

同事说:有次正在开会,儿子打来电话,我直接给挂掉了,散会后,我打回去,他恼了,半天不接电话:"你都不接我电话?"他居然反问我。我很无奈地解释我在开会,他质问了我一句:"我重要还是开会重要?"一句话把我问得哑口无言。

岂止是亲身经历的同事哑口无言,作为倾听者的我也是哑口无言。

在闲聊的时候,常听人说起,接听电话不是简单的事,对一个普通人来说,根本无法保证在第一时间接听,无论对谁,都不能。

闲来无事,我偶尔想起这个话题,顺便也回忆了一下自己的经历,思来想去,还真真是不能的。不管是亲人的、朋友的、同学的,不管是领导的、同事的、客户的,都不能确保在第一时间接听,也不能确保第一时间回复短信。因为我们有很多禁忌,开会,领导正在安排工作,正在工作,正在聊天……多数时候不能中断这些正在进行时。对我自己来说,不是在特别特别紧急的时候,很多时间也是延迟一下,都会在合适的时候再接听、再回复短信。

关于第一时间的问题，最近在一个群里，有个群友已经发过类似的感慨了。他说在他的朋友当中，有一个人非常义气，无论在什么时间打电话，他都会第一时间接听，发短信过去，也会在第一时间回复，无论什么时间都是这样。当时有很多人羡慕他能有这样的好友，扪心自问，这件看似简单的事，实际上很难做到。群友说，无论他朋友的职位如何变换，地点如何变换，时间如何变换，他在朋友心里的位置一直不变，因为他拥有朋友的"第一时间"。这样的友情真是难得，这份真情真该好好珍惜。

首先说我自己就是做不到的，我会顾忌很多事，顾忌很多人，拖延回话或拖延回复，这已经成了我的习惯。虽然自己不喜欢这样，但是有很多无奈，自以为的无奈。

第一时间，连反应都不反应就接听和回复，怕对方着急或者是怕对方有什么急事，一分一秒不敢怠慢，这要多深厚的关心和爱心才能做到这一点？吃饭、应酬、开会、休息、工作、谈话，我们有很多理由可以错过第一时间，错过第一时间，大概对方不是你排在第一位的人。经常错过第一时间的人，是不是他只会把自己排在第一位呢？

你有一个很关心、很紧张你的人吗？在第一时间，无论什么时间、什么地点，都会在第一时间接听你的电话？如果他能排除万难，让你成为"第一时间"，倾听你的诉说或闲聊，何其幸运，要好好珍惜啊！

如果也要自问一下，我，可以吗？回答是：不能够！惭愧！不过，我很幸运，遇到一个能在第一时间回复我的人！

PK小记

昨晚和儿子聊了半天，结果不欢而散，不知道为什么，儿子的想法总是与我天上地下，千差万别，是他小、单纯、目光短浅，还是我世俗、现实？是我对他的期望太高了？还是真的跟不上时代了？

儿子上初一时，上半年还不怎么反叛，虽说不再盲目迷信老师，不再崇拜父母了，但变化不太明显。下半学期，感觉有点突出了，老想逃离父母的管束，还开始怀疑老师的做法，对自己的"小时候"感觉很幼稚，仿佛已经能看透一切世事似的。对什么事都有自己的看法，对父母少了依赖，对小朋友却十分看重，什么生日啊聚会啊，都会记得，并三番两次买礼物送给好同学好朋友。对一些事情，他开始坚持，如果我辩论不过他，他就认为自己是对的。我呢？如果说不过他，说什么也得让他云里雾里，才肯罢休。那段时间，我们俩经常就像"斗鸡"似的，有时候也"两败俱伤"。我觉得和他辩论很有趣，一是可以教他正确知识和观念；二是觉得好玩，可以帮他练习嘴皮子，别像父母笨嘴笨舌的，希望他有较好的口才，自己的想法看法可以充分表达出来。

"斗鸡"的后果很快显现出来，老师说，孩子爱犟嘴，你说他什么他都有理由，我对自己的"成就"暗暗得意，我问了一下他讲的什么理由，多数听起来不像强词夺理。回家后，我轻描淡写地说了孩子几句，但之后，我就注意了，我跟他说，讲理得有度，这事不能"过"，有些看法可以放在心里，不必都说出来，讲话要讲究方式方法，不能像对妈妈，有啥说啥，妈妈都不能全部包容你，何况别人呢？看他半懂不懂的样子，一时半会儿我是很难解释清楚了，我可真是搬石头砸自己的脚了。

都说"知子莫如母"，我倒觉得：知母莫如子，更合适些。比如，儿子想达到什么目的，三缠两磨，软硬兼施，经过一番"智斗"，90%都是我被俘虏了。有时候，我即使看穿了他，也不说破，不是原则性的大问题，也就让他高兴了。

一聊起将来，考试啊专业什么的，却总说不到一家去。据我想，儿子即使不考公务员，也要找一个能自食其力的，有些含金量的工作，至少能养家糊口，少让我们操心。有人说扫大街也是工作啊，捡垃圾也是工作啊，咱不抬杠，不上火，也不是我对劳动分工有歧视，哪有父母不盼望孩子更好的呢？谁都希望孩子能做些轻松的、风刮不着、雨淋不着的工作，这是父母的自私和期望，也是努力的方向。

但是儿子想的都是玩和兴趣，比如弹吉他、唱歌、计算机，真是让我不敢苟同。是不是我小时候也是这样呢？父母给规划的将来，都是孩子所不喜欢的？

其实，考技校时，我想报的专业，说来也是很可笑的，野外勘察和海底勘探。神秘浪漫的探险，我很期待，再不就是图书管理。其实我胆小如鼠又体弱多病，对野外勘察和海底勘探活动，也只是梦想和向往，哪里真能做得来呢？只不过对那些未知的东西抱有万分的好奇，现在想来这个理想可笑至极。另一个图书管理倒是还实际些，因为我爱读书，家里钱少，买书不多，借人家的书读，都是有期限的，即使人家不催，我也是好面子的，不肯拖久了还人家，所以，借到书后，总是读得废寝忘食，很紧张。

我小时候，原来也不过如此，也没什么大志向，大理想。后来稍大些，到高中的时候，理想就有些变化了，我想做个歌星或是作家，这还有些实际，毕竟我有这个特长，二十年之后，在不懈的坚持下，终于实现了一个理想，虽不是全国的作家，在省内还算一片小小的绿叶。

儿子呢，二年级学写作文时，一点也找不到感觉，老师布置作业：记一次野餐，我们就带他出去野餐；老师让写桥，我们就带他去观察各式各样的桥，知识有限，有时也错字连篇。从小学三年级时，我就发现了他的写作才能，一件事，只要是自己经历过的，他都能叙述得全面、有趣，能抓住事件中的亮点。四年级，在全县亲亲母亲作文大赛中获二等奖，五年级，儿子的作品就在市级报刊发表，还获了优秀奖。我发表处女作时，已经28岁了，儿子真是青出于蓝胜于蓝，让我又高兴又有危机感。

随着年龄的增加，儿子的文章越来越精彩，他观点独特，思路清晰，文字质朴，文章流畅，就像生活中的精华，被他随手抓一把似的，自然而美丽。但儿子并不十分爱好写作，一般都是完成老师的作业，或是为了拿作文向我换钱用。为了鼓励他写作,我们约定,他给我一篇稿子,我先付5元稿费,发表后另有奖励。这招还真灵,他写作的积极性提高了一点,发表的文章也多了起来。这其中,也有应景之作,比如,有时他想花钱了,急急地堆砌一篇,显得很浮躁,这样的文章常常被我唠叨没完,为了清净,很长时间他都不会再应付我。

虽然我时常指手画脚,但瑕不掩瑜,儿子的文章还是让我刮目相看。我给他打印、修改文章,但有个限度,如果通篇有五六处要改动的,即使改好了,我也不去投稿。

儿子写作很有天赋,可惜他并不钟情,在他的理想当中,根本没有当作家这一项,真是让我费解和泄气。偏那些玩的东西,倒深入心中,仿佛那才是正事。

在喜好上,我们也有很大的差异。我喜欢韩寒,这家伙固然狂了些、愤青了些,但才华横溢,思想成熟,文笔犀利,文章观点独特,在很多问题面前敢于直言,很有些鲁迅的风格。儿子却偏喜欢郭敬明,应他要求订阅了半年《最小说》,想和儿子减少代沟,我就看了其中的一些文章,多数都是些天马行空或不知所以的故事,不是故事的文笔不好,是主题思想和细节很难让我这样的成年人理解和接受,儿子却看得津津有味。看来这代沟鸿沟不是几本书就能沟通和铺平的。

进入初中后,儿子不仅个子长高了,最近,连小胡子都长出几根了,心理变化也很明显,思想半生不熟的,成绩也是忽上忽下。在我和他PK的两年半中,他取得了全市中小学生电脑制作活动二等奖,拿了五级吉他证书,在省市报刊发表十多篇文章,作文在市里获了两个三等奖、两个优秀奖,在学校也拿过学习进步奖、优秀通讯员、优秀团员。这小子的成绩还是有的。

　　我对儿子的要求是：先保证健康，再好好学习，也要玩得快乐。儿子的顺序正好与我相反，这矛盾简直无法调和。对发型、衣服、游戏、书籍等等，就更是谈不到一家去，如果有一天不争论、不辩论，那是因为其中一个人没在家。老公对我们这种"聊天"很不感冒，多次提出抗议，但这是我了解儿子、教育儿子的最佳方式，也是母子沟通的一种渠道。为了老公不再抗议，我们把声音放低再放低，但老公还是说我们像俩老鼠，整天叽叽喳喳的。

　　平常来说，儿子是属于刚好完成作业型的，一个字不肯多写，而且写完马上就开始玩。今年春节过完，二月已过了大半，六月的中考也迫在眉睫，最近他写作业很积极，上课也认真，也很少出去玩了。我倒又很不习惯起来，经常去打扰他：多喝水啊！喝牛奶啊！早点睡啊！别累着啊！我们母子好不容易同步了一回，怎么感觉别扭、有些不踏实呢？这场PK暂告一段落，我的叮嘱、唠叨、辩论忽然间没有对手了，感觉还真有些失落呢！

永远的感恩节

进入十一月，就到了最忙的季节，一年一度的年终检查都在这个月进行，所以，今年也不例外。

本来就是个繁忙的时刻，恰好有同事休假了，这样就更加忙上加忙了。幸好平常的工作做得及时，此时只需要整理一下即可，即使这样，大家都忙得团团转，人少，再加上紧张，气氛就非同一般了。一个同事说连做梦都在工作，我们几个人都连声附和：的确，在梦里都不得安宁呢。忙是忙了点儿，累也累了点儿，不过大家合作愉快，把一切都准备得妥当了，这才是最重要的。11月22日，市检查组来了，经过一系列的细致检查，23日午饭后，我们又把他们欢送走了。检查结果都很满意，到这时，大家的一颗心才真正落了地。这种感觉真有意思，可能跟相亲差不多吧，总想把最好的展示给对方，总想给对方一个好印象。

下午回到办公室时，大家都轻松了许多，也有了看报纸的闲情。正在看报的小倩忽然道：今天是感恩节呢，有感恩的没有？一个同事说感谢这次检查安全过关。我问：今天几号？小倩说是11月23号。她话未落地，我已怦然心动：这个可怕的日子，不知觉间又到来了。

三年前的今天，我们也在准备市里的迎查工作，周六加班，星期天还是加班，中午刚吃过加班餐，我们就匆匆回到办公室工作了，快一点钟时，我忽然接到了电话，说我儿子摔着了，没流血，不要紧。我的心跳到了嗓子眼儿，我不停地安慰自己，没事吧，都没流血呢，一点小伤或小小伤吧。我飞一样地骑着自行车往医院赶，同事们说着什么话，我也记不得了，到医院后连车子也没锁，就跑到外科去了。医生说该院的CT机坏了，病人去中医院做检查了，遇到闻讯赶来的朋友，我们一起去中医院，那边却说病人刚走，让我们等一会儿拿了检查结果再回去。我给已经赶到县医院的老公打电话，他说没事儿，孩子很好，来时不要埋怨父母。我的眼泪我的心都颤抖了，很好？那还怕埋怨什么？还做什么检查？二十分钟的等待时间像是几千年，我既盼早出结果，又害怕这个结果。做CT的医生说赶紧拿回去，很严重，得立即做手术。

等我赶到县医院时，我看到了躺着一动不动的儿子和几乎瘫倒的婆婆。早上我上班时，他还活蹦乱跳的，这是怎么了？老公一个劲儿地说没事，刚才还说话来着，我再也不相信了，谁的话也不信了。"不是说没事吗？宝宝，我是妈妈，你看看我，你听到吗？你看看我啊？"他一点儿反应也没有，这一刻我知道什么是天塌地陷了。"妈，他一直没说话吗？"婆婆说："说过，他说，奶奶，我疼！"我很想安慰泣不成声的婆婆，可是我已经再也找不到话可说了，这里的人我一个也不相信了。我打电话给爸爸，让他快来，我完全忘记了他是一个心脏病患者。当亲朋好友出钱出力要把孩子送到手术室时，一直强作镇静的老公已经抱不动一个九岁的孩子了，这一刻我才知道，他的难过不在我之下。我强打起精神跟婆婆说："妈，你也别太着急了，有医生在，他会没事的。"这话没起到安慰的作用，我们却哭得更厉害了。原定两个小时的手术，持续了四个半小时，十几个亲朋好友都无语地在手术室外等待、徘徊着。我一直在自责，为什么不带着他呢？为什么平常管得他太严呢？我是经常带着孩子加班的，还在乎多这一次吗？

我祈祷：请所有的神灵来保佑孩子吧，哪怕用我的命去换回他，我也心甘情愿。只要孩子好了，让我做什么都行。万一，如果，那我的生命还有什么意义？没有万一和如果，他一定会醒过来的……我就这样胡思乱想着，焦虑着、心痛着。当医生出来宣布手术成功时，我都想给他跪下了，当看到头上缠满纱布的儿子被推出手术室时，所有亲友都流下了激动的眼泪。

我的心放下了一半，医生说他醒来得越早，就恢复得越好。我和老公一步也不敢离开孩子，当他第一次无意识地说话时，竟然是找我：妈妈，我疼。然后又昏睡过去。我紧紧抓着孩子的手，希望能传给他一点儿力量，他每次迷糊地叫"妈妈，我疼"时，我的心都如刀割，如果能代替他该多好，哪怕代替一部分？三天后，在我的眼泪都要流干时，我的宝贝儿子终于完全醒过来了，他可以认出其他人，可以回答简单的问题了，谢天谢地！感谢医生、护士，他们挽救了儿子的生命；感谢我的亲人同学朋友同事，在我即将崩溃的时候，他们鼓励我，帮助我，渡过了最大的难关；感谢我的儿子，在关键的时刻，他坚强地挺过来了，这才是对我们最好的报答和感恩。

以后每年的这一天,我们都带着孩子出去大吃一顿,孩子问有什么可庆祝的吗?我们谁都不说话,这一天,是我们捡回他的日子,就跟生日一样,他哪里知道这些呢,可我们谁也不想重提旧事了。今年的这一天,儿子回家早,就去他奶奶家吃水饺了,我和老公回家时天已经黑了,但我们还是出去搓了一顿,不为别的,因为这是一个特殊的日子。我跟老公说:今天是感恩节,你知道吗?别人的感恩节是在11月的最后一个星期四,而我们的感恩节是11月23日,虽然这一天曾让我们几乎崩溃,但毕竟有惊无险……这三年中,我们都想把这个日子跳过去,因为那个记忆太可怕太痛苦了,别说谈论了,就连回忆我们都不想。

写完这篇稿子时,我的眼睛都哭肿了,虽然我知道,我们全家现在很开心快乐!我的孩子健康如初,而且个头和重量都已超过了我。我也知道,今天的我对这个日子应该感恩而不再是害怕,可此刻,还是忍不住泪流满面……

对你视而不见

那天去找一个朋友,他和员工们正为一件事闹得不愉快。给朋友打工者有四人,其中两个是新来的,这俩小伙很卖力地做错了事。朋友问二位"老人"看到两个新人干活了吗,都说好像看到了,没在意。朋友对两个新人进行了严厉的批评:因为不懂就可以犯错?为什么不多问问?为什么不多想想?得多向他们学着点,得用脑子干活,若再出现一次失误,你们就可以立马走人了。那两个"老人"的眼中闪过几丝得意和幸灾乐祸,被我看到了。

在我看来,因为业务不熟悉,新手第一次无心地犯了小错,是可以谅解的,毕竟他们是无心的,毕竟谁都是从新人过来的,哪能一开始就把事情做得圆满呢?那两个"老人"就太可恶了,明知道人家在犯错,明知道会造成损失,还事不关己,高高挂起。所以,在这件事上,要分担责任的话,我认为"老人"所负的责任要占70%,为什么你不去指点?不去阻止?作为"老人",你有传帮带的责任,应该去指正和提醒的。如果这件事的后果,你明明是能预见的,却装聋作哑,任其一错到底,这不只是责任的多少,更是道德问题。

有种说法：干得越多，责任越大；反之，干得越少，责任也越小。因此有些明哲保身的人，对工作能推不揽，我不干活，还有什么犯错的机会？如果大家都这样想，什么工作也不用干，大家都大眼瞪小眼，干坐着好了！这样一来，什么失误也不会有，什么责任也没有了。

退一万步说，不用职业道德来衡量，作为一个人，敢作敢当，也是赢得别人尊重的基本条件。"人无完人"，出点错，很正常，只要吃一堑长一智，吸取教训，不重蹈覆辙就行了，有句话说得好：在失败中成长。责任两个字，不只是局限在工作中，对家庭、邻里、亲朋、社会等，作为一个正常人，事事处处都是要负责任的，正因为有了许多责任的约束，正因为不能为所欲为，人，才和低级动物有了本质上的区别。

其实真没必要推卸责任，害怕责任，只有懂得履行职责、承担责任，才具备一个"人"最起码的特征。

电梯和楼梯

人来人往的办公室里，我只能关上耳朵，这样才能陷进自己的思路，写自己的材料。如果没有这个功底，在纷乱的大办公室里，真的很难静下心来。乱中求静，这种本领是必须的。此刻我关上耳朵，打开我的思绪，屏蔽了外界的干扰，假装无视他人的存在，工作的速度就快了很多。当我完成任务时，忽然发现此时居然十分安静，难得的安静，环视四周，除了熟悉的面孔，一切都是陌生的。

刚搬到新楼办公的时候，实话实说，心里的感觉还是十分复杂的。以前的办公楼虽然破旧，但终归是待过很多年，所以恋恋不舍还是真心存在着。我们搬新楼时，是第二个搬过来的单位，和前面的单位不一样，我们在最高层，十一楼啊，筹备搬家时，着实犹豫和担心了。

我们搬家时，电梯才刚刚安装好，还不能使用，不管多沉重的桌子，多繁杂的东西，都是手提肩扛，十一层楼啊，单单是空手走楼梯上楼，就已经气喘吁吁，半路还要休息一下才能上得来，再拿上点东西，都不知要休息多少次，才能运得上来。此时虽是寒冬腊月，上下来往的人个个都像红脸关公，就连常年干惯体力活的搬运工都受不了了,像夏天一样汗流浃背,搬运费也连涨了几次。虽然最重的东西是搬运工搬的,但我们也不好空手上下,重要的东西如电脑、文件等也是自己搬运,所以爬楼梯更是一项超重的体力活。

  我们亲自参与了搬家,实实在在搬运东西,即使个个累得腰酸腿痛,一看到汗流浃背的搬运工,谁也不好意思说累,反倒是更积极地收拾新办公室,打扫卫生,整理东西,忙得不亦乐乎。后来,搬运工的头儿说了实话,他们不知没电梯,如果早知道,这活儿就不接了,这哪是搬家,简直是要人命啊。

  现在想想,我们可是创了一项搬家纪录呢,走十一层楼梯搬家的纪录。

  在我们搬家的十几天后,电梯能正常运转了,锻炼脚力、体力和耐力的机会,后来者是享受不到了,这是他们的幸运还是遗憾?电梯和楼梯,虽然只有一字之差,那感觉可是好几个十万八千里呢。

  转眼之间,半年多已经过去,楼梯和电梯也渐渐淡出了我们的话题。仿佛我们从未在十一层楼梯上锁过眉,从没有抱怨过,没有汗流浃背过。时间这东西真是神奇,它可以模糊我们的记忆,甚至模糊我们的感受。

窗台上的风景

窗台是用洁白的瓷砖砌成的,砖上有大小不一的雪花,这些雪花需靠近了才能看得清,于是便让观者有几分惊喜,谁说雪花遇热即融,这一窗台的雪花,已经历经数载,如今还不是完好如初?

窗台上随意摆放着几样东西,靠墙的是一块红色的苹果,相邻的是一把木制的水果刀,再远一些,有一把小巧的黑剪刀、一个白色的纯棉线团,旁边放着一只淡紫色的小孩鞋垫儿,针还扎在上面,看来还需要进一步加工。

那块红苹果,被削平的一面已经散失了许多水分,周围的果皮有些干涩,显然,它已被放置好几天了。不知是果味不好,还是主人又去忙别的活计,总之这块苹果已经成了太阳的食物,阳光一口一口享受它的时候,那感觉一定很妙吧。倘若在20世纪70年代末,苹果还是稀有果品,常常被各家的女主人收藏在衣柜里,或被男主人高挂在屋内的横梁上。在冬天,苹果散发着特有的清香,溢满整个屋子,这味道常惹得小孩子们垂涎欲滴。那个年代连果腹都是问题,像苹果这类水果就更是奢侈品了。因为苹果少,一般情况下都不舍得吃,等到终于决定吃掉它时，往往已经腐烂掉了。女主人便常常发誓：明年一定早点吃掉，免得再腐烂了。然而，第二年，还是有苹果坏掉……而现在，如果还有苹果烂掉，肯定是吃不过来或不爱吃的缘故。

那只小巧的鞋垫儿，一定是女主人为孙女缝制的，颜色亮丽，针脚细密、均匀，一看就是心灵手巧之作。纳鞋垫儿是沂蒙山区农家妇女的传统手艺。一个女孩从十几岁开始，就与鞋垫结缘了。最初纳的鞋垫儿一定是给自己的，倒不是因为自私，纳鞋垫儿可不是一件简单的活计，初学者都难逃八个字：针脚歪斜、大小不一，这种试验品自然是垫在自己脚下最合适。许多早已脱离了农村生活的女人们，大都不肯放弃或荒废掉这门手艺。不管社会怎么改变，鞋垫儿都是必需的。自己纳的鞋垫儿，多是用废布头或旧衣服制成的，既实惠、便宜、舒适，又吸汗、耐穿。也有一种绣花鞋垫儿，是用各种彩线制成的，精致得像工艺品，适合欣赏和收藏，但不耐穿。我偶尔还会收到乡下亲戚的绣花鞋垫儿，常常搁上几年，才舍得用它。现在已经很少有人会纳绣花鞋垫儿了。

我们全家的鞋垫儿都出自母亲之手，她把布料的颜色精心搭配过了，即使没有绣花，也很是漂亮可爱。生活在飞速变化着，像苹果等的地位也渐渐不同了，但亲情牌的鞋垫儿却依然温暖亲切。

忘记说明了，这个窗台的女主人就是我的母亲，窗台上的苹果、鞋垫儿，就是她的生活、她的风景。我仿佛看到母亲坐在阳光中的窗台边，平静细心地飞针走线，不善表达的她，正把对我们的关爱用一针一线密密地联结起来……

快乐的舞者

跳舞，单说这份职业的话，至今也算不得热门，但是少了它，就会失色不少。特别是近年来，逢歌必伴舞的形式已深入人心，若只有一个歌星在宽大的舞台上走来晃去的话，很难达到热场的效果，可见，舞蹈还是有其独到的魅力。但是让人感动的舞蹈极少，像《千手观音》那样撼动人心的，更是少之又少。有些舞者，也许终生都是配角，甚至没有一个镜头捕捉到她，可她们还是那么优美和陶醉地表演着，默默无闻地美丽着，真让人敬佩。

在现实生活中，我也看到了一群舞蹈着的人们。他们大多年近花甲，但神采奕奕，兴趣高昂，乐观奋发，都这般年龄了，还在不断学习新的东西，真是"活到老，学到老"。此刻，在小区广场的灯光下，老人们正一步步地练习着、探讨着，那认真劲儿，特别让人叹服。她们在学跳交谊舞。从一窍不通，到笨拙地一步步走平步；从第一个花样学起，从跟随音乐学起，一点一滴地学习着。

老人们找了一位男老师，男老师很忙，若有事不来时，她们也坚持天天来练习，互相指点、帮助。所以大家进步都很快，仅仅一周的时间，已经能跟上音乐，能跳出点样子来了。在周围驻足围观的人很多，有些年轻的，曾经学过的，也忍不住进场过把跳舞瘾，有时也带一下老太太们，而且年轻人也已经越聚越多，和老人们的人数已经不相上下了。平常都蜗居在家，懒得动弹的我，也受了她们的感染，常不自禁地与她们跳起来，虽然在初学者中一时还难有棋逢对手的舞伴，虽然音乐不够清晰和悠扬，但那种久违的快乐还是感受到了。几天没去，她们进步更多了，还学习了四步和老年迪斯科，并且已经酝酿、准备着练习大合唱了。这还得了？真是一天不学习，赶不上老太太了。

　　她们当中有退休老干部、老教师、老工人，大半生以来，有的从没跳过舞、唱过歌，在为国家和家庭做完贡献，在儿女们各自独立之后，她们有了大块空闲的时间，如何过得更充实更快乐呢？年轻人有自己的天地，上网、唱歌、蹦迪，顾不上和老年人多待多聊，于是老人们自己联合起来，把活动安排得满满的，早晨散步或练太极剑，上午、下午去老年大学画画、练习书法，或购物、逛街，晚上学跳舞……

　　虽然老人们的身形已不轻灵，虽然舞步还不够娴熟，甚至舞姿不够飘逸，但那种好学和快乐的精神已经感动和感染了更多的人加入她们。假以时日，她们的舞姿一定会更优美，甚至可以超过年轻人，因为她们有奋发的精神、有浓厚的兴趣、有充足的时间。下次逛街时，我要去买一盘悠扬、明快的舞曲，以便让她们的舞姿更加轻舞飞扬。

风中的山菊花

  周末,客车上的乘客特别多,一个半小时的车程,途中停停走走,上上下下,让人晕车不商量,看到岱崮车站,就有种解放的感觉。不过不管有多晕,即使分不清东南西北,回家的路却自然而然。

  路过村委时,看到院中有很多人,大家围在那里热烈地谈论着,原来笊篱坪村是微电影《崮上花开》的拍摄现场。这是一部农村戏,写机关干部到村任职的故事,是由真人真事改编而成。有些乡亲们见过新闻采访,一般都是一遍就过了,速战速决。拍电影就不这么简单了,对台词、找感觉,你行了,他又忘词了,词没忘记,表情又不对了,我的天哪?!就这么对戏、磨合,直到大家全都入戏,时间已经过去不少了,还要确定站位、机位,拍完一次也只是个开头,所有人的分镜头还要一遍遍地拍,一来二去,没个十几遍重复,就不算完成。现场同期录音,所以一切杂音都不能存在。在排练时,我赶紧抢拍下几个镜头,在正式开拍时,我的相机也是沉默的,生怕打扰了他们。

  因为好奇,又逢周末,我便和乡亲们一起幸运地做了回忠实观众。咱们经常看电影电视，整个光鲜亮丽，又好看又好玩，等亲眼看了整个拍摄过程，才终于懂得，亮丽的背后，不是一个苦字可以了得。

寒风、灰尘、噪音，演员之间的磨合，这都需要不断地克服，需要时间和耐心，没有经验的群众演员有时不记得自己的站位，也有演员表演不到位等等，现场会发生各种情况，拍摄也会随时中断。在桥头拍摄时，因为来往的车多人多，为不影响拍摄进度，总指挥和村委成员跑到路上维持车辆秩序，听到拍电影，大家都理解和支持，在拍摄间隙，车辆和人员才赶紧蜂拥而过。

有一场谈判的戏，一个扮演老爷爷的人，戏走了几遍，他就抽了几次烟，因为导演要求，每次都是实景排练，和正式拍摄一样分毫不差。等这场戏完成时，在十几遍的反复过后，他的半盒烟已经抽出来了。而其他演员，因为不停地重复台词，有大量台词的女主角都需要喝水来润嗓子了，真是够辛苦。

在拍工地干活一场时，冷风呼呼地刮了起来，我的羽绒服都不挡风寒了，但演员们还干得热火朝天，他们拍的是秋天的戏，服装不能太厚，在一边拍照的我，都替他们打寒战。拍完最后一个镜头时，硕大、明亮的月亮升了起来，此刻的月亮是淡黄色的，慢慢从崮上升起，初时还以为是太阳，辨识了一下方向，才确定这是又大又圆的月亮，十五的月亮，摄像师激动了，不顾夜黑，不顾路窄风寒，跑去寻找最佳位置，抢拍下美丽的崮乡月亮。

在拍风车时，那风已经大到七级左右了，衣角飞扬、头发凌乱，风力太大，感觉有些寸步难行了。这个山冈还真是个风

267

口，山下的风远没有这里狂野，几架风车倒是得意，借着风力呼呼地转着，把山下的水引到山上的蓄水池，这样一来，山上的庄稼、水果就有了丰收的希望。因为太冷，我全副武装好，几位主演就没我幸运，单薄的衣衫早就被风吹透，脸都变色了，人也瑟瑟的，有几次对戏时，我听着女主角的声音都抖了起来。但随着导演一声令下，面对镜头时，他们都能很快入戏，能自然地表演和讲述着台词，让人肃然起敬。群众演员也敬业地保持着自然而欣喜的笑容，仿佛狂风不存在一样，这是导演交代的任务，要迎风而笑，直到拍摄结束。他们的笑容让我感动，这是我看到的最勇敢、最温暖的笑脸。

在演员们站的地方，正悄悄上演一场自然界的奇迹。一株洁白的山菊花怒放在狂风中、山坡上，它无视寒霜，无视周围的草枯叶落，依然坚持盛开着，独树一帜地傲然独立着，把美丽绽放到极致。崮上花开，就在这里上演了真实的一幕。

虽然时间紧，天气冷，但摄制组的人们都很积极、热情，从编导、导演、演员到摄像，包括所有的群众演员，都全力配合拍摄。乡亲们放下自家的农活儿、家务，把摄制组需要的场地和道具按要求准备好，这都需要相当的人力和物力，有时还要召集足够的群众演员参加拍摄，要在服装、表情等各方面做好配合等等，虽然麻烦，但乡亲们都热心地支持着。有一个女群众演员，因为服装不符合导演要求，来回跑了几次，换了三身衣服才过关。

拍摄的过程有苦也有乐，大家团结一致，在拍摄间隙不时说笑和鼓励着，有时都分不清谁是演员，谁是群众。用餐时特别热闹，第一次当演员的乡亲们一边吃着盒饭一边新奇地问这问那,演职人员扎在群众堆里吃饭、拉呱,此刻大家就是一家人,那场面十分温馨。

后来,我还常常想起这一幕,冷风中,大家说着笑着吃着,热闹的气氛驱走了严寒。还有一枝独秀的山菊花,居然在寒冬怒放,真是好兆头呢!大家拧成一股绳,克服重重困难,前后也就两周时间,《崮上花开》的前期拍摄工作就如期杀青了。在电影上映时,会看到很多乡亲的身影和笑脸,不管闪过一秒还是两秒,他们都是崮乡人的骄傲。寒风瑟瑟中,演职人员和乡亲们建立了深厚的友谊,共同书写了一部厚重的"崮上花开",那是勇敢之花、团结之花、温暖之花。

定格的记忆

我家的书架上，摆着四颗花生，当然不是普通的花生，一般的花生都是两颗米粒，我这个都是三个，在当地俗称"罗锅腰"，意思是像人一样，有点驼背的样子。

我收藏这四颗花生，不是因为它的长相，不是因为好奇，也不是因为它有超好的味道，只是里面包含了一份抹不去、化不开的忧伤，也是一份定格的记忆。

2014年春末，姥爷第一次让我们回家去干活，在他家种花生。姥爷84岁了，腰已经弯得很厉害，腿也不行，一条是老腿疼病，一条是做过手术的，钢板还在里面，走路都是很不方便的。即使这样，在这次之前，他都还是自己坚持干活，种、收都很少要人帮忙。每年都给我们几桶新鲜纯正的花生油，看到我们拿走花生油，姥娘姥爷脸上的皱纹都是开心和满足的。

姥娘这两年眼睛看不见，又患了老年痴呆症，闹腾得很，不管白天黑夜，想起来就闹。我们虽然经常回家，但不及姥爷付出的辛苦，家里家外的活儿全是他的。我母亲让他们进城来，大家好照顾，但他们不愿意，又提出把姥娘接过来，这样姥爷也轻快些，但他们还是不愿意，姥爷说他还行，还能伺候，还是在家里方便。提出让他们进城的事，已经说了多年，但都被他们拒绝了。

种花生的程序各种繁杂，一遍一遍的工序有十几道，我们在姥爷的指挥下有条不紊地干着，姥爷自己干一会儿，就坐在地边休息一会儿，看来他的身体真是不行了。走几十步路，就得停下来或坐下来休息一会儿，我们看着又心疼又着急。

夏天收花生，那天偏偏热得很，我们干不惯农活儿的人，更是汗流浃背，因为长时间低头拔花生，还差点晕倒了。花生还没摘完，天就已经黑了，我和老公回城里，第二天还要上班，父母留下来，和姥爷一起摘花生，然后是晾晒，后续的活儿还有不少。

中秋节之后，姥爷病倒了，姥娘因为担心姥爷的病情，急得不得了，不停地询问，不停地着急，她自己的病情加重，一个月之后忽然离世。刚刚康复些的姥爷，就面对失去老伴的痛苦，他的表情有些木讷，但也是几次没有控制住眼泪。这个相伴他一生的人，就这样不声不响地离开了，在我看来，他们两人之间的关系是不平衡的，姥爷常常是被欺负的一方，但他都是乐呵呵地或沉默地接受，从不说姥娘的坏话。

我是跟着姥娘姥爷长大的，所以和他们的感情特别深，在我的劝说下，姥爷答应去城里住，不过要在老家待一个月，说姥娘刚走，他得守一个月的家才行。这样也不错啊，只要他不孤单一人，哪怕再多等几天也没关系。在一个月的时间马上就要到期时，姥爷忽然腿疼得厉害，我们辗转去了几家医院，最后都没保住他的腿，做了截肢手术。

医生总问他是否着凉的话，姥爷起初不承认，后来才告诉我，说他有几次去看姥娘的坟，在冰凉的石头上一坐就是一个多小时，可能凉着了。初冬的季节，在山区已经很冷了，更何况他本身就是有病的腿，怎能经受得住那份寒冷？这对看似平淡的老夫老妻，却有着我们看不到的深情，姥爷对姥娘的深情，也由此可见一斑。

  姥爷经不住这一连串的打击，老年痴呆症越来越严重了，但他总是念叨着要回去种花生……